Le camp des loups

Johan Bourret

Le camp des loups

ÉDITIONS FRANCE LOISIRS

Certaines scènes de cette histoire sont authentiques.
D'autres sont inventées.

Éditions France Loisirs,
123, boulevard de Grenelle, Paris
www.franceloisirs.com

ISBN : 2-7441-8489-6

Dans le conflit présent
comme dans ceux qui l'ont précédé,
être inerte, c'est être battu.

Charles de Gaulle

PREMIÈRE PARTIE

PROLOGUE

À une époque pas si lointaine, lorsque j'étais enfant, quand la venue de l'hiver et les jours écourtés ralentissaient le travail de la vigne, la petite ville où j'habitais s'animait d'une vie nouvelle. Chez un vigneron du village, ami de mon père, nous allions trinquer à la gloire de saint Vincent. Les lanternes processionnaient alors d'un chai à l'autre pour le grand rassemblement du verre de l'amitié. Nous célébrions la future récolte, à une heure tardive qui ne décourageait personne, surtout pas ceux qui avaient transpiré en choyant de leurs mains le cabernet franc, trésor de nos régions. Ainsi, accompagné de mes parents et de ma petite sœur Bernadette, j'allais participer à ces moments de fête alors que je n'étais qu'un très jeune garçon. Il y avait toujours une main vive pour faire couiner l'archet d'un violon, tandis que les pieds des danseurs s'agitaient sur le sol de terre battue. Les spectateurs s'en donnaient à cœur joie. Puis les cuvées puissantes et charpentées donnaient la réplique aux bavards, et l'un des nôtres racontait une histoire que nous buvions en silence.

En ces temps de paix, les soirées allaient ainsi, de la peur à l'apaisement, de l'appréhension aux rires, chacun vaquant à toutes sortes d'occupations. Assis près du feu, les vieux commençaient le fond d'un panier en croisant des tiges d'osier, un sécateur à portée de main. À côté, les femmes confectionnaient des pains, avec en leur centre une grappe de raisins en relief encadrée de feuilles de vigne. Les mains calleuses, que le repos de la terre condamnait à l'oisiveté, s'employaient à refaire les manches d'araire ou à confectionner des échalas qui serviraient de tuteur aux pieds de vigne. C'était le temps des plaisanteries, des rires et de la fête. On parlait de l'hiver, des récoltes, du petit dernier. On évoquait les bons souvenirs tout en craignant les vilains coups du temps.

Justement, je me souviens encore du visage de mon père, plus inquiet que si la récolte avait été la pire qu'il eût connue. Je le revois, assis à côté de la radio, tendant l'oreille, les sourcils froncés, écoutant les actualités qui déversaient d'infâmes nouvelles.

Il avait raison d'être inquiet. Car ils sont venus.

Ma mère est morte tuée par une balle allemande, mon père, exécuté sous mes yeux. Ma sœur a disparu. Dans cette guerre atroce, frappant les innocents, une main est venue à mon secours : Mathilde. Juive et Résistante, je lui dois la vie, ma survie.

Aujourd'hui, j'ai l'âge d'un homme qui a vu blanchir ses cheveux. Je me déplace avec une canne au côté d'une femme que j'aime et à qui je dois beaucoup. Nous vivons dans une belle longère qui surplombe la Loire, fleuve sauvage épris de liberté. Mon fils Matthieu m'interroge fréquemment sur mon passé. À son tour, il est devenu père de famille, homme responsable.

Alors que mes pas hésitent sur un sentier qui domine le fleuve ensoleillé, mon fils est à mes côtés et me demande :

— Papa, tu as bien failli mourir pendant la guerre ?

— Oui, et plusieurs fois.

— Pourtant tu étais jeune, et tu as connu les pires choses, l'enfer...

— J'avais quatorze ans.

Je lève mes yeux fatigués sur lui, et j'arrête de marcher :

— Je dois ma vie à une seule personne, une femme, un être d'exception.

— Mathilde, c'est ça?

— Oui.

— Elle était Résistante?

— Oui, elle l'était.

— Quel genre de Résistante?

Je ris :

— Du genre de celles qui prennent des risques en temps de guerre!

— Elle travaillait pour les Anglais, n'est-ce pas?

— Sa mission en France a été un fiasco. Nous avons dû quitter le pays pour tenter de gagner l'Angleterre.

— Et après?

— La guerre a continué.

— Que s'est-il passé?

Je contemple le paysage incomparable qui s'étend sous mes yeux. Quelle douceur, quel vent salutaire, et cette Loire au si long bras qui serpente et encercle ma ville comme pour mieux la protéger... La voix de mon fils se fait insistante :

— Et après, papa, que s'est-il passé ?

— Le pire. Le pire que j'ai connu, l'innommable.

— Raconte-moi.

— À quoi bon ?

— Pour comprendre ton histoire et la raconter à mes enfants. Pour que ta vie ne tombe jamais dans l'oubli.

— Alors raconte-leur plutôt celle de Mathilde. Pour que son histoire, elle, ne soit jamais oubliée.

I

Janvier 1943, par une nuit de pluie, quelque part dans la tourmente des cieux français.

Notre avion venait d'essuyer les tirs soutenus de l'adversaire allemand. Nous survolions une France occupée et filions vers le nord, vers l'Angleterre, à une vitesse tranquille qui tranchait fortement avec la précipitation de notre décollage. À l'arrière, prostrés dans le silence et le soulagement d'être encore en vie, nous demeurions tous les trois assis, têtes baissées, bras croisés, évitant d'inutiles frais de conversation. Notre fatigue et les drames que nous venions de subir nous contraignaient au mutisme comme au repos. Mais notre présence avait été très certainement signalée à la défense antiaérienne, et nous savions que les tirs allemands ne tarderaient pas à reprendre. De longues minutes de silence s'ensuivirent, jusqu'au moment où Mathilde, notre aînée, balbutia ces quelques mots :

— Vivants, nous sommes vivants...

Elle passa ses doigts nerveux dans sa chevelure et dit en nous regardant :

— Que Dieu vous protège mes petits.

Elle était assise en face de nous et faisait allusion à ce que nous venions de vivre. Mathilde n'en pouvait plus. Les traits de son visage portaient les stigmates de l'horreur et les empreintes de la fatigue. Cette femme si belle, d'ordinaire si gracieuse, se trouvait défigurée par l'énergie qu'elle avait dû dépenser pour sauver la vie de deux garçons qu'elle considérait comme ses propres fils. Ses yeux mordorés, si souvent illuminés de soleil, avaient en cet instant perdu de leur éclat. Mais la rage de combattre qui était en elle demeurait toujours aussi forte. « Vivants... nous sommes vivants... » Elle avait raison sur ce point : nous nous en étions sortis. Le ronronnement de l'avion avait succédé au crépitement des balles. Cette nuit hostile et ce vent d'hiver nous portaient cependant vers l'espoir d'une aube toute neuve, la promesse de retrouver une terre d'asile : l'Angleterre. À bord du *Lysander* spécialement affrété pour nous, l'ambiance était à présent au recueillement. Le petit appareil de la Royal Air Force avait été conçu pour des vols de nuit, plus particulièrement pour des missions de rapatriement. En cette nuit d'espérance, il remplissait son rôle à merveille.

— Il y a quelque chose qui cloche, déclara soudain Mathilde. Quelque chose ne va pas, écoutez...

Ce ton alarmant nous fit sortir de notre torpeur. Benoît se raidit et tourna les yeux vers moi.

— Quoi ? Qu'est-ce qui se passe encore ?

— Je ne sais pas, répondis-je, tu entends quelque chose toi ?

À quatorze ans, nous avions tous deux connu les violences de la guerre. Les souffrances et les privations avaient eu au moins ce mérite : faire de nous les meilleurs amis du monde.

— Mais écoutez, tempêta Mathilde, écoutez donc !

Le colonel Harrington nous tournait le dos. Il fut le seul à demeurer impassible. Debout près du poste de pilotage, il ne broncha pas. C'était à croire qu'il avait, avant tout le monde, pressenti le désastre qui allait s'abattre sur nous. Il se fit calme dans sa réponse :

— Il y a un problème de moteur. L'avion a dû être touché.

— Touché? reprit Mathilde.

— Oui, concéda-t-il, des balles ont très probablement atteint le moteur.

L'homme avait la quarantaine, une dizaine d'années de plus que Mathilde. Sa prestance et son autorité naturelle d'officier de l'armée britannique lui conféraient une crédibilité indiscutable. Il ajouta :

— Pas besoin de demander au pilote, nous n'avons pas d'autre choix.

— De quel choix parlez-vous? se crispa Benoît.

Ils se fixèrent du regard et nous comprîmes tous. Benoît qui ne voulait décidément pas y croire ne put s'empêcher d'insister :

— On va arriver en Angleterre, hein?

— Il va falloir se poser, soupira l'officier, et sans tarder.

L'intérieur de l'avion était exigu et sombre, il y faisait un froid glacial. Il n'y avait aucune porte de séparation entre le poste de pilotage et l'arrière de l'appareil. Ainsi, nous pouvions observer la silhouette du pilote et ses mains rivées au manche. Il engagea la conversation avec le colonel Harrington, mais nous ne pûmes entendre ce qu'ils se dirent.

— Jacques, tu vas bien ?

Mathilde m'avait posé cette question avec beaucoup d'appréhension. Mon visage d'adolescent devait refléter une grande détresse. J'articulai :

— Mathilde... Je t'en prie, il faut aller en Angleterre.

Le colonel, qui ne m'avait pas entendu, annonça avec gravité :

— Sauf erreur, nous survolons la Sarthe. Il va falloir être patient, parce que nous allons rencontrer quelques difficultés.

D'un coup, les côtes anglaises se transformèrent en rêve inaccessible. La perspective de rester en France me plongea dans un profond désarroi.

— Comment allons-nous trouver une piste ? lui demanda Mathilde.

Il détourna la tête pour éviter une réponse. La jeune femme comprit qu'il n'en savait rien. Elle se leva et se fit une place entre Benoît et moi. Puis elle posa ses bras autour de nos épaules et se voulut rassurante :

— Le pilote va annoncer notre position par radio. Je vous rappelle aussi que c'est l'un des meilleurs de la RAF. Ne vous souciez pas, je crois que...

Un bruit inquiétant interrompit le rythme du moteur. Des claquements rapprochés se répétèrent du côté de l'hélice, et une lumière rouge s'alluma aussitôt sur le tableau de bord.

— *Shit!* brailla le pilote.

L'avion piqua aussitôt du nez et le colonel Harrington qui était toujours debout à côté du poste de pilotage fléchit d'un coup sur ses jambes. Il parvint à se maintenir à une rampe fixée en hauteur, mais le choc l'obligea à une brusque volte-face. Il s'agrippa tant bien que mal et évita de tomber. Le pilote qui ne s'attendait pas à une telle réaction de l'appareil tira le manche vers lui tout en fulminant quelques jurons shakespeariens. Le moteur faisait un bruit du diable. Bien qu'assis et serrés les uns contre les autres, nous étions secoués dans tous les sens. Toutefois, l'avion ne tarda pas à reprendre une ligne horizontale et les mécanismes retrouvèrent un ronflement plus ordinaire. Mais il y avait plus inquiétant : une odeur âcre était en train de s'élever dans la carlingue. Elle s'imposa très vite en un nuage étouffant. L'opacité de la nuit rendait impossible toute observation extérieure. Si nous avions pu regarder dehors, nous aurions remarqué l'épaisse fumée qui s'échappait du moteur de l'appareil. Lorsque les flammes commencèrent à lécher le flanc de l'avion, je hurlai :

— Le feu!

Mathilde se redressa, le colonel resta de marbre. Les interruptions sporadiques du moteur nous indiquaient clairement que le problème s'aggravait. L'arrivée d'essence ne se faisait plus que par intermittence.

— On perd de l'altitude, s'écria le colonel. Tenez-vous bien!

Il alla s'asseoir en face de nous et prit soin d'attacher sa ceinture. Nous l'imitâmes. Mathilde fixa l'homme qu'elle aimait, inquiète, et chercha du regard à lui soutirer quelques informations. Il finit par lâcher :

— Ça ne va pas s'améliorer. *My God*, tenez-vous!

L'appareil accusa un soubresaut si violent que

Benoît poussa un cri. Les flammes qui avaient doublé de volume éclairèrent l'intérieur de l'appareil. Au fur et à mesure que l'avion perdait de l'altitude, il gagnait en vitesse, et le feu prenait lui aussi de l'ampleur au point que tout le flanc de l'appareil était en proie aux flammes. La carlingue de l'avion se mit à gronder, et les vibrations s'accentuèrent en un bourdonnement infernal. Nous étions incapables de rester immobiles, l'avion était trop secoué. Les flammes crépitaient en tous sens telles des détonations de fusil. Le pilote cracha des informations dans son émetteur, un appel d'urgence qu'il répétait en boucle. Il ne parlait pas, mais criait pour couvrir le tumulte qui l'entourait. Il me sembla à cet instant qu'il parvenait à rétablir l'avion à une vitesse raisonnable, mais je n'en étais pas sûr. Nous étions tous crispés, assis sur nos bancs, les dents serrées et les corps agités comme des sardines en boîte qu'une main de fou se serait amusée à secouer. L'aviateur continuait à beugler dans son micro, et ses cris nous parvenaient assez nettement, car plus le danger approchait, plus sa voix était empreinte de panique. Le manche de pilotage situé entre ses jambes vibrait si fort que ses mains ne parvenaient plus à le contrôler. Nous étions sur le point de nous écraser.

— Mettez vos têtes entre vos mains! lança le colonel.

— Mathilde! criai-je.

Bien qu'à côté d'elle, je la sentis s'agripper à mon bras comme pour me protéger, elle en fit autant avec Benoît. Le jeune garçon commença à psalmodier quelques prières en hébreu, et l'idée me vint alors d'en faire autant et d'implorer la Vierge Marie. Le pilote finit par se taire. Figé d'un coup, il avait ravalé sa salive et sa frayeur. Il fixa l'horizon d'un air absent. À cet instant, je compris qu'une chose atroce allait se produire. D'un coup, il lâcha le manche et entoura sa tête de ses bras. Le choc fut si violent que le contact avec le sol nous propulsa tous vers l'avant. Le banc sur lequel nous étions assis se défit de son socle mais ne se brisa pas. La vitre du cockpit vola en éclats et le siège du pilote se décrocha d'un coup. L'aviateur fut éjecté et son corps happé par l'obscurité. La ceinture du colonel Harrington se détacha et l'officier fut projeté puis balancé de part et d'autre. Les ailes de l'appareil se brisèrent pendant que la queue se disloquait. Notre banc finit, lui aussi, par lâcher. Nous étions tous entraînés dans un tourbillon infernal. Je criai, hurlai. C'était la panique, l'effroi le plus total.

L'avion s'écrasa au sol, fauchant au passage des arbres dont les branches se répandirent sur nous. Le vent s'engouffra au-dessus de nos têtes, car le haut de l'avion était béant et les griffes des arbres continuaient à déchirer les parois de la carlingue. Ce qui restait de l'avion continua à glisser pendant un temps qui me parut très long. Il ne perdit en vitesse qu'au moment où le nez heurta une forme volumineuse, un talus très certainement. L'appareil s'immobilisa d'un coup, mais le choc entraîna nos corps vers l'avant. Nous étions tous entremêlés en un amas de bras et de jambes. Cette collision brutale eut pour conséquence de sceller l'avant de l'avion dans le sol. Mais la vitesse excessive entraîna le reste du fuselage. L'arrière de l'appareil se souleva et nous ressentîmes une angoisse fulgurante : il allait se retourner sur lui-même. Et c'est exactement ce qui se produisit. Lorsqu'il toucha le sol, il se pulvérisa en différents points. Nos hurlements eurent au moins ceci de rassurant : certains de nous étaient encore en vie. Mais pour combien de temps?

Sonné, et probablement blessé, coincé sous un amas de tôles, il m'était impossible de bouger. Soudain, le feu prit en une bouffée folle et les flammes s'élevèrent en une seconde. J'ouvris les yeux et aperçus Benoît, allongé sur le ventre. Il était inconscient, j'appelai :

— Mathilde, Benoît est mort !

Mathilde avait disparu. J'étais bien en peine de la trouver car mes jambes étaient bloquées sous les décombres. Je criai encore :

— Mathilde, Mathilde !

Le colonel Harrington n'était plus là, lui non plus. J'étais donc seul avec Benoît. Il était tout près. Je voyais les flammes qui s'agitaient autour de nous, formant un cercle, une farandole joyeuse. À croire qu'elles étaient en fête. Benoît demeurait inconscient. J'espérais pourtant qu'il était encore en vie :

— Benoît, réveille-toi Benoît !

Pas de réaction, alors je hurlai de toutes mes forces :

— Au secours, au secours ! À l'aide !

Le feu était partout, la fumée se répandait et la température n'en finissait pas de monter. À cette hauteur du sol, notre position nous permettait au moins de profiter d'un air respirable. De plus, la carlingue était éventrée de toutes parts. Si les fumées pouvaient se dissiper, le vent en revanche faisait rage. Les bourrasques excitaient les flammes avec autant d'âpreté que l'aurait fait un soufflet de forge.

Il aurait suffi de dégager ces tôles froissées pour me permettre de prendre la fuite et de sauver mon ami. Par chance, je ne souffrais pas. Mes jambes, bien que prisonnières, n'étaient pas brisées. Mais tout mouvement m'était impossible. Soudain, l'effroyable se matérialisa devant moi. Une vision horrible me fit perdre mon souffle. Émergeant de nulle part, un être humain, ou du moins ce qu'il en restait, parut sortir des flammes comme on sort de l'enfer. Je crus délirer en le voyant. Sa silhouette était titubante et le feu continuait à la consumer. Les bras, les jambes et tout son dos étaient en flammes. Pas un geste brusque, ni même un mouvement de panique. Il avançait : un pas, puis un autre. Le pied lourd, il traversait cet enfer. Il se tenait très près de moi et je vis nettement son regard blanc et sa peau de charbonnier. Des cloques apparaissaient sur son visage et sur ses mains qu'il présentait en avant à la manière d'un somnambule. Le feu était en lui. Il n'avait plus de cheveux, plus de sourcils, ses oreilles avaient été rognées par les flammes et sa bouche béante laissait échapper un souffle rauque, discontinu.

Certainement ne comprenait-il pas ce qu'il lui arrivait. Il avançait. Son blouson d'aviateur était en lambeaux, mais l'écusson de la RAF était encore visible. Notre pilote que nous avions vu disparaître tout à l'heure réapparaissait sous la forme d'un spectre. C'était à croire que l'enfer du ciel n'avait pas voulu de lui. Afin de ne pas connaître le même sort, je n'avais pas d'autre choix que d'appeler :

— Au secours! À l'aide!

L'homme s'affala comme une masse. Les flammes s'en firent une joie. Je détournai mon regard pour échapper à ce spectacle abominable. Il me sembla alors l'entendre hurler. J'en fis autant :

— Au secours! Mathilde, à moi!

J'étais sur le point de craquer. Mon appel à l'aide s'était noyé dans un sanglot. Je me mis à tousser dans l'air suffoquant.

— Jacques!

La voix m'était familière, je répondis aussitôt :

— Mathilde! Je suis là! Mathilde!

Elle dut se courber pour arriver jusqu'à moi. À certains endroits, la carlingue était si tordue qu'elle ne parvenait pas à se faufiler. Elle fut contrainte de prendre des détours.

— Jacques! cria-t-elle. J'arrive!

Elle voulut se pencher sur mon visage mais les tôles qui enserraient mes jambes l'en empêchaient. Portée par ses gestes rageurs, elle parvint à retirer ces obstacles. Je criai :

— Benoît est mort!

Elle s'empressa de me répondre :

— Le colonel s'en occupe. Essaye de bouger!

Je tentai d'abord une jambe, puis l'autre.

— Je n'y arrive pas!

À la réflexion, c'était un véritable miracle de ne pas être blessé.

— Essaye encore, vociféra-t-elle. Essaye!

Le colonel Harrington fit irruption. Du sang coulait du haut de son crâne et sa tenue de combat était déchirée. Je perçus une vive détermination dans son regard.

— Il faut soulever le tronc en même temps, expliqua-t-il à Mathilde.

La situation était donc plus compliquée que je le croyais. Effectivement, un arbre s'était abattu sur mes jambes, formant une barre oblique qui pressait mes tibias au sol. Le tronc ne s'étant pas complètement détaché de sa souche, j'étais coincé.

— Où est Benoît ? criai-je.

Ils ne m'entendirent pas ou refusèrent de répondre, trop accaparés.

— J'ai peur, balbutiai-je en fondant en larmes. Maman ! Maman !

Je criais tout en sachant que mon appel était vain. Ma mère était morte et j'avais en cet instant un absolu besoin d'elle.

— Ne t'inquiète pas, me répondit Mathilde consciente de mon effroi. On va te sortir de là...

Ils avaient la tête penchée sur moi et je pouvais lire l'expression de leurs visages. Leurs efforts en cet instant étaient intenses. Le large tronc d'arbre était sous les restes de l'avion. Il fallait les dégager. Dehors, une explosion d'une très forte intensité provoqua une onde de choc qui ébranla la carcasse de l'appareil. Les amas de ferraille en contact avec l'arbre renversé en furent chambardés. Une pluie de matières incandescentes s'abattit sur nous. La structure qui emprisonnait mes jambes s'en trouva modifiée.

— On va pouvoir le dégager ! se réjouit alors le colonel.

L'explosion du moteur ou du réservoir d'essence avait soudain des allures de providence ou de don du ciel. Mathilde et le colonel m'empoignèrent sous les bras, et mon corps fut dégagé d'un coup. Ils me firent glisser sur plusieurs mètres, jusqu'au moment où je sentis une pluie franche sur mon visage. Le vent glacial de l'hiver me procura un vif soulagement. Éloigné du feu et de la fumée, je pus enfin respirer à ma guise. Je me retrouvai ainsi allongé sur un large talus qui surplombait le lieu de la catastrophe. Autour de nous, la forêt avait des allures de zone sinistrée. Des feux sporadiques illuminaient le désastre. Les arbres étaient brisés, arrachés du sol, et des sillons de terre apparaissaient là où l'avion avait labouré ce terrain humide. Si le désastre était aussi visible, la catastrophe avait dû s'entendre à des lieues. Je toussai, respirai à pleins poumons, puis je demandai :

— Où est Benoît ?

Le colonel dont les yeux étaient rivés sur le

moteur qui continuait à se consumer sursauta. À la vue de son visage horrifié, je compris qu'il venait de se rendre compte d'une chose terrifiante. Se levant d'un bond, il se précipita du côté où des flammes déchaînées escaladaient les arbres et des centaines d'étincelles attisées par le vent jaillissaient des cimes. Il poussa un cri rauque :

— Mathilde, viens m'aider, dépêche-toi !

Il descendit le talus à grandes enjambées, s'approchant de l'épave fumante de l'avion. Mon cœur battit à tout rompre : si Benoît était resté inconscient, il avait dû se trouver juste à côté du moteur lorsqu'il avait explosé ! Mathilde et l'officier tournaient en tous sens, fouillant les lieux et ce qui restait des buissons, en appelant de leurs voix cassées :

— Benoît ! Benoît !

Pas de réponse. Le colonel s'engouffra alors dans l'obscurité de la forêt, et appela encore, et encore, jusqu'au moment où sa voix se perdit parmi les arbres. Le silence finit par s'installer. Quand il réapparut quelques minutes plus tard, ce fut avec une figure que je ne lui connaissais pas. La défaite s'y peignait clairement, mêlée à un sentiment de culpabilité. Les lèvres de Mathilde se mirent à trembler, puis poussée par une énergie inépuisable, elle reprit son souffle et lança :

— Il est quelque part, vivant, j'en suis certaine.

Face à mon regard épouvanté, elle ajouta :

— Jacques, on va le retrouver. Je te le promets.

Le colonel regarda, impuissant, les flammes gigantesques qui ne manqueraient pas de signaler notre présence à l'ennemi. Il s'écria sur le ton de celui qui n'aime pas perdre :

— Il faut partir, les Allemands vont arriver.

II

Difficile de mesurer l'étendue de cette forêt. L'obscurité, la densité des arbres, la pluie et le relief vallonné rendaient toute estimation impossible. Je marchais d'un pas fébrile, car les muscles de mes jambes n'avaient pas retrouvé toute leur aisance. Le bras accroché à la taille de Mathilde, j'avançais à ses côtés en direction de l'inconnu. Le colonel Harrington était devant nous, la main posée sur la ceinture de son revolver, il nous ouvrait le chemin.

— Benoît n'a pas pu partir, souffla-t-il en évitant une flaque.

— Il était sonné, rappela Mathilde, je ne vois pas comment il aurait pu s'en aller.

L'officier écarta une branche qui menaçait de lui érafler le visage et ajouta :

— Et surtout, pour aller où ?

Le bois était on ne peut plus austère. Arbres, rochers, manteau forestier, tout était sombre, dangereux et sans vie. Nous avancions dans l'incertitude, à l'aveuglette.

Nous continuâmes ainsi pendant quelques minutes encore, jusqu'au moment où le colonel s'arrêta net. Il posa ses mains sur ses hanches et poussa un soupir :

— Facile de se perdre ici, c'est immense...

— Nous avons tort de nous éloigner de l'avion, regretta Mathilde, je ne veux pas laisser Benoît.

Le colonel reprit sa marche et nous l'imitâmes. Je me sentais penaud. Mon ami était perdu quelque part dans cette forêt où grouillerait bientôt une meute de soldats lancée à nos trousses. Je reniflais, la larme à l'œil, en pensant qu'il était certainement tout proche, suffoquant au fond d'un fossé, se vidant de son sang, appelant, suppliant d'une voix faible que l'on vienne à lui. Probablement entendait-il nos conversations, nos pas à proximité du lieu où il gisait. Je me sentais coupable de ne pas lui avoir porté secours. Nous étions là, fuyant ce paysage torturé, blessé lui aussi par la guerre et cet hiver infernal à la rudesse sans pitié. Je relevai les yeux sur les ombres qui m'entouraient. Des étendues patinées de brume révélaient au gré du vent des bataillons d'arbres crochus qui promettaient les pires dénouements. C'était une nuit à faire fuir les hiboux, à transformer la terre en cercueil. Une nuit à l'humidité persistante, de celles qui vous glacent la peau. Je portais un pauvre paletot déchiré que je tentai de boutonner au col, en vain car le bouton avait disparu. Je soufflai sur mes doigts tremblants, mes pieds baignaient dans l'eau des flaques que je ne voyais que trop tard et qui s'infiltrait dans mes chaussures à semelles de bois. J'avais froid, je souffrais. Je voulais qu'ici tout s'arrête pour retrouver ma France en paix et ses paysages d'été, lorsque ma mère et mon père étaient encore en vie et que ma petite sœur me réclamait pour aller jouer. Tous avaient disparu.

— On va s'en sortir Jacques, me souffla Mathilde d'une voix de mère qui se voulait rassurante.

Le colonel Harrington se tourna vers elle :

— Quand nous survolions la Sarthe tout à l'heure, j'ai repéré sur la carte une forêt de plusieurs centaines d'hectares située au nord du département.

Là où nous nous sommes écrasés, l'accès est très difficile. Je doute que les Allemands se risquent à venir pendant la nuit.

— Alors que veux-tu faire ?

— Attendre. À l'aube, on y verra plus clair et on pourra agir plus sereinement. Pour l'instant, on avance vers nulle part, c'est ridicule. Dans deux heures, les premières lueurs du jour nous aideront.

Il y avait un arbre au tronc torsadé, replié sur lui-même. Il formait un creux en son centre, idéal pour un abri.

— Installons-nous ici, proposa l'officier.

Il s'assit à même le sol, les jambes repliées sur le ventre, les bras autour. Je me fis une place entre lui et Mathilde ; nous nous sommes serrés. La terre était humide, boueuse et l'idée que nous avions eue de nous croire ici à l'abri du vent et de la pluie s'avéra être une illusion. J'étais grelottant et commençais à avoir faim. L'officier fourra sa main dans la poche intérieure de sa tenue et en sortit une flasque qu'il dévissa. Il me tendit la bouteille et m'invita :

— Bois, ça va te réchauffer.

Le whisky était très sec, deux bonnes gorgées me

brûlèrent l'intérieur du gosier. L'effet de chaleur ne tarda pas à me monter à la tête.

— Je m'en vais chercher Benoît, déclara Mathilde en se levant. Vous allez m'attendre ici.

— Hors de question! la fustigea l'officier d'une voix glaciale. On le cherchera quand il fera jour. En attendant, reposons-nous et essayons de dormir.

Dormir... Alors que Benoît était introuvable, que le froid allait nous tuer et que les Allemands finiraient par nous tomber dessus. L'anxiété figeait nos consciences et le découragement se fit une place. Mon esprit s'enfonça dans un tourbillon de songes, le corps tremblant, frappé par les coups de froid. Le vent s'intensifia encore. Je cherchais à coordonner mes pensées, à me remémorer un souvenir agréable, un instant d'autrefois. Le visage de ma mère et ses éclats de rire m'apparurent dans le contexte d'une après-midi de soleil. J'aimais tant ces moments précieux que nous égrenions en famille à l'époque où la France respirait. Mon père et ma petite sœur Bernadette jouaient au bord de l'eau, et les branches charnues des saules pleureurs s'agitaient en liesse au-dessus de leurs têtes. Souvenir lointain d'un été, au bord d'une rivière à deux pas de la ville de Saumur.

L'eau étincelait, son flux était si doux, son clapotis si rassurant. Je me souvenais que les pêcheurs y appâtaient, les pieds dans la vase et la cigarette aux lèvres. À proximité, sur les chemins de halage qui serpentaient parmi les herbes hautes, on croisait des paysans aux visages rubiconds qui tiraient une bête pour l'emmener aux labours. Les bonjours et les hochements de tête étaient de mise. C'était une époque douce, tragiquement disgraciée par la folie des hommes. Ma famille, comme beaucoup d'autres innocents, s'était retrouvée happée par le flot meurtrier d'une guerre dont elle ignorait presque tout... Je n'avais plus de famille. L'envie de pleurer me déclencha un sursaut. Mon front ruisselait de pluie, l'eau coulait sur ma figure et le froid sévère, mordant, me lacérait la peau.

Une voix lisse, un chuchotement de femme me susurra ces quelques mots :

— Jacques, ne t'inquiète pas, le froid ne nous aura pas.

Mathilde souriait en me fixant. Elle ajouta :

— Quand il pleut, c'est rare qu'il gèle.

J'étais allongé en chien de fusil. La jeune femme

passa son bras sous mon dos et me redressa un peu. Elle me caressa le front puis me frictionna les joues.

— Ne t'inquiète pas, me dit-elle, Benoît ne doit pas être bien loin, j'en suis persuadée.

Elle parlait d'une voix suave, au ton léger, totalement inapproprié en de pareilles circonstances. Mathilde était une femme unique. À trente ans passés, elle avait tracé le chemin de sa vie à coup d'entêtement et de charme. Tantôt sanguinaire et féroce, tantôt douce et maternelle, elle aurait tué pour sauver la vie de ceux qu'elle aimait.

À ce moment-là, je marmonnai :

— J'ai peur...

Son esprit était ailleurs, elle me répondit :

— Te souviens-tu de la première fois où nous avons chanté ensemble ? Je ne te l'ai jamais dit, mais ta voix m'avait particulièrement émue. Quand la guerre sera terminée, nous chanterons encore, en France et ailleurs. Benoît nous accompagnera au piano. C'est un grand pianiste. Je suis sûre que tous les trois, nous pourrions réussir une vraie carrière...

Je l'imaginai assise sur le rebord de mon lit, me racontant une histoire ou un conte qui m'aiderait à trouver le sommeil. La vie m'avait offert cette rencontre salutaire : une femme d'honneur au courage sans limite. Elle avait eu une vie incroyable, un passé hors du commun. Pour des milliers de gens, elle s'appelait Mathilde Lemercier. C'était un nom d'emprunt, un nom d'artiste. Ses parents l'avaient appelé Magda Dabrowska. Elle était née à Varsovie un 14 septembre 1910. Juive, fille d'un musicien polonais réputé et d'une Française, Mathilde Lemercier était devenue chanteuse d'opéra, parmi les plus talentueuses et les plus belles de sa génération. Elle avait connu le feu des planches, les acclamations triomphales, et sa voix avait résonné en des lieux magiques, caressé les oreilles des plus grands de ce monde. Mais tout avait basculé le jour où Hitler décida d'envahir son pays. Par la force des choses, Magda Dabrowska ou Mathilde Lemercier, chanteuse internationale, était devenue Résistante.

— Quand j'avais ton âge, poursuivit-elle, mon père m'accompagnait au violon et je chantais avec lui. Il m'a donné cette envie, cette passion du métier. Il aimait tellement la musique.

Il fallait être aveugle ou insensible pour ne pas se laisser prendre par le regard de cette femme. Il suffisait de poser les yeux sur elle pour perdre tous ses repères. Si Ulysse avait résisté aux chants des sirènes, qui pouvait prétendre ne pas succomber au charme de Mathilde? Je ne connaissais à cette femme qu'un seul amant, un seul amour : le colonel James Harrington. L'officier aimait Mathilde avec passion, mais ses sentiments ne transparaissaient qu'en de rares occasions. Il préférait laisser à la jeune femme le soin des démonstrations affectueuses. Chef des services secrets britanniques, à la fois homme de terrain et intellectuel brillant, il agissait dans la confidence des plus grands, affichait une ambition sereine et une placidité d'officier en toutes circonstances. Sa seule faiblesse était l'amour qu'il portait à cette femme. Mais en cette nuit troublée, c'était au cœur d'une forêt moribonde qu'il se sentait faible, et coupable aussi. Il culpabilisait à propos de la disparition de Benoît. Il gardait l'œil ouvert, réfléchissant à une solution, en vain.

— Vous avez entendu? fit-il.

Un chien venait d'aboyer. Nous avions tous arrêté de respirer. Les aboiements reprirent.

— Les Allemands! balbutiai-je en me redressant.

— Non, s'exclama l'officier. Écoute bien, ce n'est pas ce genre de chien.

Il avait raison. Les aboiements répétés n'étaient pas ceux d'un gros chien excité par une odeur et poussé par un maître belliqueux. Il s'agissait plutôt des glapissements d'un petit animal, un roquet qui voulait attirer l'attention.

Le colonel se mit debout et tenta une observation. Mathilde et moi l'imitâmes. La jeune femme lui demanda :

— Tu crois que ça vient d'où ?

— Pas loin d'ici.

Mais les aboiements cessèrent et la nuit garda en son antre le secret du lieu exact où se trouvait l'animal. Derrière l'arbre où nous nous étions réfugiés, il y avait une montée abrupte, un mur de terre haut de plusieurs mètres. À l'évidence, les aboiements venaient de l'autre côté. Pour le colonel Harrington, il fallait s'en assurer. Sans perdre un instant, il étudia les recoins du talus, essaya d'en faire le tour et finit par trouver un passage. Il appela :

— Venez ! On peut passer par ici !

En effet, un sentier sinueux permettait de contourner l'obstacle. La terre transformée en boue glissante nous donna quelques difficultés, mais l'obstacle fut surmonté assez rapidement. Nous arrivâmes sur un terrain plat où les arbres étaient nombreux, dressés comme des barreaux de prison. Le colonel fouilla du regard les alentours et s'exclama :

— Regardez ! Une maison !

Il avait pointé son doigt en direction d'un petit point lumineux. Probablement le halo d'une lampe à pétrole qui apparaissait derrière une vitre. Les aboiements reprirent.

— Fais attention, lui fit Mathilde en le saisissant par le bras. On ne sait jamais.

— Ce ne sont pas des Allemands, lui répondit le colonel.

— Peut-être pas. Mais nous ne savons rien des gens qui vivent dans cette maison.

Il ne rétorqua pas et s'avança prudemment vers l'étrange habitation dont la silhouette se précisait au fur et à mesure que l'on s'en approchait. La bicoque semblait tout droit sortie d'un roman de Mary Shelley. La façade délabrée était décolorée par les siècles, et recouverte depuis le toit jusqu'au sol de menues plaques fongiformes. Elle était entourée d'arbres dépérissants, d'un muret grisâtre, et une brume menaçante flottait autour de la toiture. L'officier s'apprêtait à frapper mais se ravisa, préférant finalement tendre l'oreille. L'effet de surprise serait peut-être un avantage : de vifs éclats de voix filtraient à travers les murs, et la conversation qu'il percevait allait sans doute lui permettre d'en apprendre davantage. Les propos d'une femme en colère fusaient de toute part :

— Bon sang de bon sang ! Il faudra bien l'enterrer un jour ! Non ?

— Un jour, ce sera aujourd'hui, lui répondit un homme à la voix plus calme.

— De toute façon, il n'avait pas de famille.

— Pas de famille... pas de famille, t'en sais rien !

Mathilde, à pas de velours s'approcha de l'une des fenêtres, celle qui donnait sur la pièce d'où émanait la conversation. J'avais très peur. En ces temps troublés, nous pouvions croiser les chemins d'hommes sans scrupules prêts à toutes les trahisons pour un peu de pain, un peu d'argent ou pour le simple plaisir de faire du mal. Je lui emboîtais le pas avec autant de discrétion que possible. De faibles rayons d'une lumière rougeâtre se frayaient un chemin à travers les carreaux treillissés et rendaient suffisamment distincte la scène qui se déroulait. Une grosse femme aux allures de matrone se tenait debout près d'un poêle et agitait les bras en conversant. Sa colère n'était pas tombée.

— J'espère qu'ils ne vont pas dire qu'on l'a tué!

— Si on l'enterre tout de suite, qui veux-tu qui devine?

Autour d'eux, l'ameublement était pitoyable, incommode, antique et délabré. Le petit chien qui avait attiré notre attention s'agitait autour de sa maîtresse en remuant la queue. La femme à la voix de poissonnière était bâtie comme une montagne, large, haute, des épaules de bûcheron et des bras comme des cuisses. Elle n'avait rien de distingué, ni de féminin. Elle parlait à un homme fluet qu'elle dépassait d'une tête, au moins.

— Il faudrait l'enterrer tout de suite, fit-elle. Parce qu'avec ce satané avion qui s'est écrasé, les Boches vont venir et trouveront le corps.

— T'as pas tort Germaine, approuva le bonhomme chétif. Mettons-le dans la brouette et allons-y maintenant!

Je pensai à Benoît et imaginai le pire. La même idée funeste traversa aussi l'esprit de Mathilde; le regard qu'elle m'envoya était empreint d'inquiétude. J'étudiai la pièce en un coup d'œil, espérant y trouver une trace, des indices qui m'en diraient un peu plus sur la situation. Mais mon champ de vision était limité.

— Pss, pssss!

Le colonel nous faisait signe de venir à lui. Il était penché sur la seconde fenêtre de la façade et explorait du regard le contenu de la pièce voisine. Nous le rejoignîmes en prenant soin de courber le dos.

— *Look*, fit-il, regardez!

Éclairé par la flamme d'une simple bougie, un homme large et immobile était allongé sur une table. Il gisait tout à côté de la fenêtre et nous pûmes le distinguer en détail. Il portait un bleu de travail taché de noir et de petits outils de toutes sortes pendaient à son ceinturon. Ses mains étaient jointes sur son ventre comme pour une mise en bière. J'observais son visage. Son teint était cadavéreux. Il avait l'œil large, liquide et lumineux. Sa bouche était ouverte et son ventre replet restait immobile. Il ne respirait pas.

— Il est mort? demandai-je d'une toute petite voix.

— Absolument, me répondit le colonel. Mais ce

n'est pas là notre affaire, c'est celle de la police. Allons-nous-en.

— Partir ? s'étonna Mathilde. Et Benoît ?

— Benoît ?

— Ces gens l'ont peut-être vu. Il est possible qu'ils sachent quelque chose. On pourrait leur demander.

— Ça m'étonnerait... visiblement, ils ont l'air bien occupés.

Mathilde fixa le colonel droit dans les yeux. Sans qu'elle eût besoin d'articuler le moindre mot, le message fut clair.

— Non ! soupira le militaire. Quand les Allemands seront ici, ils viendront poser des questions à ces gens.

— Et alors ?

— Alors ? Autant qu'ils en sachent le moins possible sur nous. Allez, filons !

Il tenta de rebrousser chemin, mais Mathilde le retint par le bras :

— Cette maison est très peu éloignée du lieu où notre avion s'est écrasé. Avec un peu de chance, Benoît est peut-être passé par ici, ou pas loin. Il est possible que ces gens l'aient vu.

Ils s'étaient écartés de la baraque pour converser à leur aise. J'étais resté près de la fenêtre et écoutais la matrone qui s'adressait à son fluet de mari :

— Et le petit, qu'est-ce qu'on va en faire ?

— Faut pas que les Allemands le trouvent, ils pourraient bien penser qu'on est dans le coup.

— On l'emmène chez les gendarmes alors ?

— T'es bête ou quoi ? Faut pas faire de bruit avec ça, j'te dis ! On va le garder le temps que ça se calme et ensuite, on le dira à mon frère !

Le visage de l'opulente bonne femme se figea. Ses yeux s'emplirent de larmes et une grimace de clown triste visant sans doute à émouvoir le contradicteur se dessina sur son visage. En d'autres circonstances, ce faciès rebutant m'aurait fait rire. Elle supplia :

— On pourrait le garder, hein ? Dis ? Vu qu'on n'a pas d'enfant, mon chéri...

— Et puis quoi encore ? Ce petit, il a de la famille, et elle s'inquiète certainement à l'heure qu'il est.

Elle resta stupéfaite une seconde, puis ses traits se durcirent. Elle présenta une main puissante, large comme une pelle de boulanger :

— Si tu veux t'en débarrasser, je te laisserai pas faire !

Le bonhomme marqua une hésitation. La simple vue de cette paume aux proportions démesurées, suffit à le dissuader. Le benêt qui n'était pas si demeuré changea de ton.

— On verra, fit-il avec douceur, il faudrait qu'on réfléchisse à tout ça et qu'on en recause. T'es d'accord ?

La main s'abaissa et la tension retomba. Je filai sans tarder trouver Mathilde et le colonel, afin de leur raconter ce que je venais d'entendre. Le colonel se frotta le bout du nez et parut perplexe :

— Il parlait peut-être de Benoît, mais nous n'en sommes pas certains.

— Il faut donc en avoir le cœur net, appuya Mathilde. Allons vérifier !

L'officier fila en direction de la maison, mais à la dernière seconde, il nous fit signe de ne pas le suivre.

— Je vais rentrer tout seul, expliqua-t-il. Restez dehors, on ne sait jamais.

Il tourna doucement la poignée de la porte qui s'entrouvrit. Par miracle, elle n'était pas verrouillée. Il fit un pas en avant, et s'écria :

— Où est-il ?

Le chien se mit à aboyer et la grosse femme sursauta. Ses yeux se posèrent aussitôt sur l'arme que pointait l'officier en sa direction. Prise de panique, elle s'emporta :

— On l'a pas tué, je vous l'jure, il est mort tout seul ! On l'a pas tué !

— Votre histoire, je m'en fiche, répondit l'officier sans hausser le ton. Je parle du jeune garçon, où est-il ?

L'homme fit un pas en avant.

— Vous étiez dans l'avion ? Je pensais qu'ils étaient tous morts.

— Le gosse, vite, ou je vous promets un mauvais quart d'heure !

— On n'en veut pas de ce gamin, s'excita d'un coup le bonhomme chétif. Il est dans le grenier, prenez-le et partez !

La gaillarde désapprouva sa moitié du regard, mais ne dit mot.

Son mari fit quelques pas de biais, leva la main jusqu'au plafond et débloqua une poignée. Il ouvrit une trappe, déplia une échelle et appela :

— Descends, petit, descends !

Le colonel haussa la voix :

— Benoît, c'est moi, tu peux descendre, n'aie pas peur !

Nous le vîmes apparaître, étonné, abasourdi :

— Colonel !

Sans plus attendre, Mathilde et moi fîmes irruption dans la pièce. Benoît courut vers Mathilde et se serra tout contre elle en disant :

— Je n'ai rien, Mathilde, rien.

J'étais soulagé de le voir en vie. Je serrai mon ami dans mes bras, ne souhaitant qu'une seule chose : fuir cette maudite maison au plus vite.

La grosse femme était éberluée. D'une voix tremblante, elle s'expliqua :

— C'est moi qui l'ai trouvé dehors sous la pluie. Il était tout étourdi, alors je l'ai pris pour le ramener dans ma maison et le soigner. Mais il va bien.

Le mari joua la sincérité, et poursuivit d'une voix haute, aux accents paniqués :

— Ma femme, elle a jamais pu avoir d'enfant. Elle est très malheureuse, il faut lui pardonner ce qu'elle a fait.

Il fixa le colonel et changea de ton :

— Pour le Robert, vous allez le dire à la maréchaussée ?

— Robert ?

— C'est le couvreur. Il est tombé du toit. Je lui avais dit de faire attention, mais avec la pluie, il a glissé. Je vous jure qu'on n'y est pour rien.

— On vous croit, fit Mathilde d'une voix douce. Vous n'avez rien à craindre de nous.

— Les Allemands seront là dans une heure, coupa le colonel Harrington. Vous serez interrogés au sujet de l'avion. Vous leur direz que vous ne nous avez pas vus. En contrepartie, on oubliera l'histoire de votre Robert. Vous avez ma parole que la gendarmerie n'en saura rien.

Le colonel rangea son arme. Le maigrichon accusa un sourire et demanda :

— Vous êtes Anglais ? Vous avez un drôle d'accent...

— Je vous conseille de l'enterrer tout de suite. Ne le mettez pas dans votre grenier. C'est là que les Allemands fouilleront en premier.

— Qu'est-ce que vous faites en France ? insista l'homme.

— À ce propos, où sommes-nous ? demanda Mathilde, comment s'appelle cette forêt ?

— C'est la forêt de Perseigne, répondit la grosse femme, fière de dispenser son savoir.

— Et la ville la plus proche ? questionna l'officier.

— Mamers, à dix kilomètres d'ici.

— Dix kilomètres ?

Il eut l'air contrarié. Puis il se pencha sur Benoît, lui caressa la joue et tenta un sourire :

— Ils ne t'ont pas fait de mal ?

— Non, la dame m'a donné à boire et...

— Vous voyez, coupa l'homme. On n'est pas des assassins d'enfants.

Le colonel détailla du regard le couple au comportement peu ordinaire et finit par lâcher :

— Y a-t-il un réseau de Résistance dans les parages ?

— Oui, moi, répondit aussitôt le mari. Je suis Résistant.

La matrone éclata aussitôt d'un rire épais :

— Toi ? Résistant ? Et depuis quand ?

— Depuis toujours ! fit-il en serrant le poing.

Le colonel fit un pas en arrière, regrettant amèrement sa question. Il comprit qu'il ne tirerait aucun avantage de ces deux personnages hors du commun.

— Nous devons partir.

— Et pour aller où ? lui demanda le mari.

L'officier ne répondit pas, le bonhomme insista :

— Je peux vous aider. Vous tout seul, c'est risqué. Je connais bien la forêt. J'y suis né. Je connais toutes les cachettes !

Le colonel prit un air perplexe, mais soudain ses yeux s'illuminèrent. Il s'écria :

— Si ! Il y a un acte de Résistance que vous pourriez accomplir. Quelque chose qui rendrait un immense service à la France !

La grosse dame s'avança, curieuse :

— Ah oui, quoi donc ?

— Oui, quoi donc ? répéta le mari.

Le colonel Harrington retira sa veste militaire, défit la plaque d'identification qu'il portait en sautoir et expliqua :

— Mettez ça sur votre cadavre, et emmenez-le là où l'avion s'est écrasé. Brûlez le corps et arrangez-vous pour qu'il reste des traces de la veste et de la plaque.

— J'ai rien compris, avoua la gaillarde en écarquillant ses grands yeux vides.

— Mais si ! s'énerva son mari. Comme ça, les Allemands vont croire que le monsieur anglais est mort. Et du coup, ils ne le chercheront pas ! T'as compris ?

Une lueur furtive étincela au fond de ses yeux :

— J'ai compris !

— Il faut agir vite, grogna le colonel qui ne supportait plus que l'on gaspille ainsi le temps.

La grosse femme passa sans plus attendre dans la pièce voisine où reposait Robert et revint presque aussitôt. Elle le portait sur son épaule, sans paraître concéder le moindre effort. Nous restâmes bouche bée devant une telle force.

Mathilde resta de marbre :

— Je crois qu'il ne pleut plus. Vous auriez des vêtements secs ?

— Oui, répondit la matrone.

— Et un peu de nourriture ?

— Oui, quelques pommes de terre.

— Alors, aidez ces enfants, donnez-leur à manger.

III

C'était une nuit sans vie, figée dans un décor nébuleux, triste et muet, où les nuages bas pesaient lourds dans le ciel. La forêt demeurait toujours aussi lugubre et le froid insistant. Par chance, la pluie avait cessé. Nous étions dehors et après une courte discussion sur le parvis de la pauvre baraque, il avait été convenu que la femme partirait seule avec son cadavre. Le mari viendrait avec nous et nous guiderait à travers la forêt. Nous débutâmes une marche sans hâte, en file indienne derrière le maigrichon. Isidore, c'est ainsi qu'il se prénommait, parlait sans relâche, excité à l'idée de participer à une aventure qui tranchait avec son quotidien si fade. Il avait tout de l'innocent qui ignore dans quel monde il vit et se soucie peu du malheur qui le frappe. Mais son sourire exprimait aussi une certaine générosité, et il semblait ravi de pouvoir nous apporter son aide. Il tenait une lampe torche qu'il allumait de temps à autre et palabrait sans que personne ne lui réponde :

— J'en connais, moi, des Résistants, vu que c'est moi le fossoyeur du village et que je connais tout le monde...

Benoît s'était emmitouflé dans un châle. À en juger son allant, j'avais l'impression qu'il se portait plutôt bien. Nous étions de nouveau tous ensemble. Voilà ce qui comptait le plus pour moi. Benoît était un frère de guerre dont je ne voulais plus me séparer. Ce que nous avions vécu ensemble était si fort que je me sentais vaillant à ses côtés. Nous nous étions rencontrés alors qu'il vivait seul dans une cabane au bord du Thouet. Il m'apprit le plaisir de la pêche, m'émut par une histoire, la sienne et celle de son père, grand chef d'orchestre, arrêté parce qu'il était juif. Benoît avait réussi à échapper à cette rafle de juillet 1942, contrairement à ses parents. Il s'était caché au bord de la rivière, où il vivait misérablement, se nourrissant des produits de sa pêche quand celle-ci était bonne. Je lui avais donné un peu de pain et nous avions parlé de nos vies.

Le garçon m'avait autant tourmenté que fasciné par son goût du risque et cette insouciance qui le caractérisaient, lui et sa jeunesse. À sa différence, j'étais d'un tempérament plutôt réservé : il avait tendance à vouloir toujours braver tous les dangers, alors que je préférais le calme de la réflexion. Nos divergences nous avaient rendus complémentaires, amis.

Autour de nous, la forêt demeurait inlassablement immobile. En se faisant plus doux, le vent avait rendu aux arbres toute leur austère placidité. Les hêtres si feuillus à la belle saison étaient d'un blanc lugubre. J'imaginai qu'au printemps, la forêt de Perseigne se parait sans doute d'une richesse de tons, d'arbustes verdoyants et d'un épais tapis de fleurs au pied des arbrisseaux. Mais plus nous marchions, plus l'étendue de hêtres s'étirait en une interminable procession de troncs dénudés et luisants. Je m'efforçais de percer la nuit du regard, observant les vieilles souches moussues et les branches tentaculaires suspendues au-dessus de nos têtes et qui menaçaient à tout moment de nous engloutir.

Pour me rassurer, je trouvai quelque chose à dire à Benoît, qui filait deux pas devant :

— Et si on chantait?

— Chanter?

— Oui, pour nous donner du courage.

L'idée ne sembla guère lui plaire et le silence qui succéda à mes paroles ne me laissa aucun espoir de réponse. Il finit par marmonner :

— Je préférerais un lit douillet...

Le colonel, à qui je tournais le dos, confia à Mathilde :

— Il faudra du temps pour arriver à Mamers. Beaucoup trop de temps. On va croiser des Allemands, c'est sûr...

— Et après, soupira Mathilde, même si on arrive à Mamers, qu'allons-nous y faire?

— Si seulement il y avait un village, un hameau, un endroit beaucoup plus proche où nous pourrions nous cacher...

Isidore, qui avait bien entendu, s'écria sur le ton de l'évidence :

— Bien sûr qu'il y en a un!

Le colonel s'arrêta net, marqué par la surprise. Nous en fîmes autant.

— Il y en a un? s'étonna-t-il un brin agacé.

— Oui! Plusieurs même. Il y a le village de La

Fresnaye-sur-Chédouet. Je le connais bien, j'y suis né!

L'obscurité dissimula le regard meurtrier qui venait de figer la pupille du militaire. Isidore était dans sa ligne de mire. Inconscient du danger qui le guettait, l'innocent précisa, tout sourires :

— C'est à huit kilomètres d'ici, mais seulement si on prend par le chemin des étables. Mais si on passe par là où je connais, on ira beaucoup plus vite.

— Beaucoup plus vite, répéta l'officier entre ses dents. Et tu connais du monde dans ce village?

— Oui, il y a mon frère, le père Favier...

— Et des Allemands? lui demanda Mathilde d'une voix douce, il y en a des Allemands?

— Des Allemands, des Allemands...

— Enfin oui, se crispa le militaire, il y a une Kommandantur dans ce village?

Assailli par autant de questions à la fois, il piqua du nez et fit volte-face. Il se remit à marcher, nous le suivîmes. Il marmonnait dans sa barbe :

— Il y a l'hôtel de France. Et dans l'hôtel de France, il y a des Allemands.

Le colonel sortit du rang et avança à grandes

enjambées fébriles vers notre bonhomme fluet. Il le tira par l'épaule et le questionna :

— Combien d'Allemands ? Bon sang, combien ?

— Arrête ! s'interposa Mathilde.

Elle s'était placée entre l'officier et le pauvre homme, et fixait son amant sans ciller. Elle lui dit avec froideur :

— Il nous aide, et c'est comme cela que tu le remercies ?

C'était bien là notre Mathilde, toujours prête à porter secours aux plus faibles. Benoît et moi l'avions rencontrée dans des circonstances plus périlleuses encore. Elle nous avait extirpés des griffes d'un officier allemand, usant de son opiniâtreté et de sa ferveur pour sauver les vies d'enfants dont elle ignorait tout. Elle était devenue une fugitive, autant que nous l'étions.

— Bah ! j'en sais rien, s'excusa Isidore, trois ou quatre...

Découvrant de près l'expression du visage de l'officier, il comprit qu'il avait tout intérêt à fournir de plus amples renseignements s'il ne voulait pas subir les conséquences fâcheuses de son humeur.

— J'y vais plusieurs fois par jour, à La Fresnaye. Les Allemands qui y sont, ce sont des troufions.

Il parlait avec beaucoup moins d'entrain et d'assurance qu'au début de notre périple. Sa voix était devenue tremblante, comme incapable de supporter tout le poids de sa déception. Il venait de perdre ses espoirs de devenir un jour Résistant. Nous le vîmes triste, touché une fois encore par la dureté de ce monde d'adultes duquel il se sentait exclu. Sa détresse atteignit le cœur de Benoît qui lui attrapa la main. À cet instant, Isidore comprit qu'il avait trouvé un allié, et un sourire se dessina brièvement sur son visage. Benoît était capable d'une générosité franche et sincère, une qualité que je lui connaissais déjà.

La bonne nouvelle était là : le frère d'Isidore était curé, et les hommes d'Église sont souvent des hommes instruits. Probablement connaissait-il autant le village que les habitants, et serait en mesure de nous en apprendre sur la situation. Avec un peu de chance, il nous proposerait de l'aide.

— Dans combien de temps serons-nous dans votre village ? s'enquit Mathilde sur un ton plus neutre.

Isidore avait parfaitement compris, mais garda le

silence. Nous marchions dans son sillon, suivant son pas avec exactitude. Il s'avéra être un guide remarquable. Grâce à lui, nous évitions les lieux impraticables ou escarpés. Nous nous frayions une route en zigzag à travers la végétation. J'étais essoufflé, la fatigue gagnait de plus en plus de terrain. La marche dura quelques minutes encore, jusqu'au moment où Isidore s'accroupit derrière un arbre et se mit aux aguets. D'un geste de la main, il nous exhorta à nous baisser.

— La route est par là, dit-il, et de l'autre côté, c'est La Fresnaye.

Je ne voyais rien.

— Quelle route? demanda Benoît.

— Il y a une route, insista Isidore qui sentait monter l'hostilité, je vous jure, elle est là!

Un grondement attira notre attention. Aux vrombissements singuliers qui s'approchaient crescendo, nous comprîmes très vite qu'il s'agissait de moteurs à combustion. La lumière des phares dessina bientôt les contours de la route qui se trouvait à quelques pas devant nous.

— Les Allemands! s'écria Benoît.

Je me mis à plat ventre et baissai la tête. La vitesse

du convoi trahissait un certain état d'urgence, et le side-car passa comme une flèche, talonné de près par un camion bâché, un dexième, puis un troisième. Une Mercedes capotée fermait le détachement.

— Ils vont d'abord essayer de trouver l'avion, commenta le colonel avec un peu d'inquiétude. Ensuite, ils fouilleront la forêt.

— Ne perdons pas de temps, nous pressa Mathilde. Allons dans ce village pendant que les habitants dorment encore.

Nous traversâmes la route en quelques secondes, et atteignîmes les ruelles de La Fresnaye-sur-Chédouet. D'un pas soutenu, nous avancions sans un mot. Isidore désignait le parcours par des onomatopées et nous lui obéissions. Pas une lumière ne dévoilait les renfoncements du village, et ses secrets demeuraient entiers. Les rues étaient vides, silencieuses au point que nos pas résonnaient comme dans la nef d'une église. Je distinguai à présent une place déserte, agrémentée en son centre d'une fontaine silencieuse. Soudain, un frémissement aussi subtil qu'un frottement de tissu ou la course d'un chat se fit entendre derrière des rangées de maisons. Le silence retomba. Isidore nous fit emprunter un chemin, puis un autre et nous arrivâmes tout essoufflés à la porte d'une maison dont les murs paraissaient très hauts. Je levai les yeux et ne pus empêcher mon regard de fouiller ce mur froid, dont les recoins étaient rendus invisibles. Il y avait de grandes fenêtres nues semblables à des yeux sans pensée, et la façade n'offrait aucun effet de style : ni moulure, ni bas-relief. Les habitants de cette maison sans âme devaient être morts, car les traces de vie étaient inexistantes.

— C'est le presbytère, chuchota Isidore.

Il sembla hésiter entre frapper ou entrer : il entra. La porte n'était pas verrouillée et cela n'eut pas l'air de le surprendre. Une marche donnait sur un corridor, nous la franchîmes. L'un de nous ferma la porte et nous patientâmes, toujours en silence. Isidore connaissait les lieux :

— Je vais aller réveiller mon frère.

Un escalier assez large épousait l'angle d'un mur. Il attrapa la rampe et grimpa les marches deux par deux. Nous attendîmes. Enfin, une lumière fendit l'obscurité. La cage d'escalier s'éclaira de toute part et les marches en bois se mirent de nouveau à craquer. Quand Isidore redescendit, un homme le précédait et achevait de nouer la ceinture de sa robe de chambre. Il nous jaugea d'une mine renfrognée et se présenta face à nous.

— Mon frère est fou, dit le prêtre, complètement fou.

Mathilde fit un pas vers lui.

— Mon Père, nous...

— Ne dites rien.

Il fronça les sourcils et grommela :

— Dieu vous a envoyés ici, je me dois de vous secourir. C'est autant mon devoir de prêtre que celui d'homme. Il faudra simplement que je me fasse un jour à ce monde si...

Ses premières paroles furent pour nous un réconfort. Il poursuivit, comme s'il se parlait à lui-même :

— Combien de victimes fera encore cette guerre ?

Puis il se tut et prit le temps de nous dévisager. L'expression de sa peine était clairement visible sur sa figure, mais elle retrouva rapidement une apparence neutre. Il avait des airs méditerranéens, un teint doux comme l'ont les gens du Sud, et des yeux clairs qui nous détaillaient avec insistance sans pour autant nous toiser. Ses sourcils étaient d'un noir épais, surmontés d'une chevelure vaporeuse et clairsemée ainsi que d'un front largement dégarni. À première vue, il ne dépassait pas la quarantaine et ne présentait aucune ressemblance avec son frère, Isidore.

Il soupira bruyamment, posant tour à tour ses yeux embarrassés sur Benoît et moi, comme s'il était confronté à un problème épineux :

— Mais qu'est-ce que je vais faire de vous ? Qu'est-ce que je vais bien pouvoir faire de vous ?

— Nous cacher, lui suggéra le colonel.

L'homme de Dieu leva les mains au ciel, puis tourna les yeux sur celui qui venait de parler.

— Les Allemands vont fouiller le village. S'ils vous trouvent, ils tueront des otages, les habitants paisibles de cette commune.

— Et vous avec, lui fit remarquer Mathilde avec respect.

Il frotta ses yeux encore gonflés de sommeil. Voici quelques minutes à peine, il savourait très certainement son repos dans la nuit tranquille et silencieuse.

— Nous n'avons pas d'autre choix que de venir vers vous, s'excusa Mathilde. Je veux simplement que ces enfants aient la vie sauve. La nôtre est secondaire, nous pouvons partir si cela peut simplifier les choses.

Le curé poussa un petit grognement et balaya d'un geste cette idée de sacrifice qu'il trouva probablement absurde :

— Vous allez tous rester ici. Et vous allez tous vous en sortir.

— Connaissez-vous du monde dans la Résistance? le questionna brusquement le colonel.

— Ce sont là vos affaires. Je ne fais pas la guerre, monsieur. Et puis il est tard. Les voisins vont s'étonner de voir de la lumière chez moi à cette heure-ci. Vous devez vous cacher. Avez-vous faim? À voir vos têtes, je pense que oui.

Il posa la main sur l'épaule de son frère et lui dit :

— Tu te souviens de la deuxième cave?

Il n'attendit pas la réponse et c'est à nous qu'il précisa :

— C'est un ancien passage secret qui a servi pendant les guerres de Religion. Il relayait le presbytère à l'église. Mais son conduit est bouché depuis longtemps. Toutefois, il est possible d'y accéder.

Il acheva de donner ses instructions à son frère :

— Conduis-les, et donne-leur à manger. Tu prendras un jambon dans le cellier.

Il trouva un interrupteur et éteignit la lumière avant de disparaître sans un mot de plus.

— Suivez-moi, nous invita Isidore. On va descendre.

Le corridor menait à une petite porte. Nous dûmes baisser la tête pour entrer.

— Attention à l'escalier, précisa-t-il.

Nous descendîmes dans l'obscurité et avec mille précautions des marches en pierres, jusqu'au moment où une faible lueur apparut devant nous. Elle se précisa peu à peu : une flamme bienveillante révéla les lieux. Isidore tenait une lampe à pétrole.

— C'est la cave.

Le colonel Harrington parcourut l'endroit du regard, les mains sur les hanches. C'était une cave des plus ordinaires. Contre le mur du fond, on apercevait un casier à bouteilles, presque vide. Celles qui restaient ne devaient guère satisfaire les goûts du propriétaire. L'endroit était exigu, et ce qu'il renfermait se résumait en ce casier, une caisse de pommes de terre et quelques rutabagas contenus dans un sac de toile de jute.

— J'ai peur que les Allemands n'aient aucun mal à nous trouver, lança le colonel.

— Ah, mais c'est pas là! rectifia Isidore. C'est derrière!

À ces mots, il dégagea le casier à bouteilles pour découvrir un mur de pierres sèches, parfaitement ajustées les unes aux autres. Toutefois, il parvint à en retirer une, encastrée dans l'angle inférieur, et tenta d'en dégager une seconde.

— Ça fait longtemps que j'y suis pas allé...

Nous l'observâmes jusqu'au moment où il déclara :

— Faut vous baisser pour rentrer.

Le passage était étroit, il n'y avait pas d'autre possibilité que de se mettre à plat ventre et de ramper comme des serpents. Aucun de nous n'hésita. Le colonel passa devant Isidore. Je fus le dernier à entrer. À l'intérieur, nous pouvions aisément nous tenir debout. Ce n'était pas une pièce, mais plutôt une excavation, une sorte de trou creusé dans la roche. Le plafond était voûté, les murs façonnés dans la pierre étaient couverts de stries, laissées très probablement par les coups de pic, il y a bien longtemps.

Mathilde demanda à Isidore :

— Et autrefois, il y avait une sortie?

— Oui, mais ça s'est écroulé.

— C'est bien dommage. En cas de problème, nous aurions pu prendre la fuite vers l'église.

L'innocent disparut, puis revint à nous les bras encombrés et l'air euphorique. En plus de la nourriture, il tenait en boule des couvertures et des vêtements qu'il déposa dans un coin.

— Ce sont les habits pour les pauvres, s'écria-t-il avec un sourire de bonheur absolu. C'est les Fresnayons qui donnent à monsieur le curé...

Mathilde le remercia par un sourire reconnaissant. Puis, sans que personne ne s'y attende, elle lui attrapa la main. Le bougre s'en trouva tout aussi surpris que nous. Elle le fixa droit dans les yeux :

— Merci Isidore. Nous avons été un peu durs avec toi. Mais ne nous en veux pas. Tu es, à ta façon, un peu des nôtres.

Le visage de notre guide providentiel s'illumina aussitôt, ses yeux s'emplirent de larmes. Bouleversé par le flot de joie qui le submergeait, il eut toutes les peines à dire :

— Merci, merci madame Mathilde.

Sans perdre plus de temps, Isidore ressortit en prenant soin de bien replacer derrière lui les deux pierres qui gardaient le secret de notre cachette. Nous nous retrouvâmes tous les quatre, avec pour toute compagnie le vacillement de la flamme d'une lampe à pétrole qui éclairait nos visages épuisés.

— Il faut dormir, lâcha le colonel.

— Couvrez-vous bien, nous recommanda Mathilde, il fait moins froid ici que dehors, mais tout de même.

Puis, comme pour nous témoigner son soulagement de nous voir en vie, ses bras protecteurs nous enlacèrent. Le colonel se tenait à l'écart. L'étreinte maternelle dura jusqu'au moment où l'officier décida :

— Allons, dormons maintenant.

Mais malgré la fatigue, l'angoisse persistante de voir débarquer les Allemands m'empêcha de trouver ce repos tant espéré. Je me faisais peine à voir, et j'avais ce sentiment d'être une bête sauvage pourchassée par une meute de chasseurs. Qu'étais-je donc devenu ? Un garçon aussi combatif que craintif, désireux d'une seule chose : retrouver le chemin de la paix...

Ma vie avait basculé dans le cauchemar de la guerre quelques mois plus tôt.

C'était en octobre 1942. Je n'oublierai jamais. Nous habitions dans une ferme à Saint-Hilaire-Saint-Florent, près de Saumur. Mon père aimait la vigne et savait comment la travailler au mieux pour en faire un vin apprécié de tous. Il était à mes yeux un père exemplaire, un homme pourtant ordinaire qui aimait sa famille avec pudeur. Mais une nuit comme celle-ci transforma pour toujours l'enfant que j'étais. Mon père était assis à sa table de cuisine et ne pouvait plus ouvrir la bouche tant ses lèvres étaient gonflées du sang qui s'accumulait. On le rouait de coups. Il ne cria pas quand ma mère tomba morte à ses pieds. La Gestapo venait de l'abattre sous nos yeux. Ma petite sœur Bernadette, témoin elle aussi du drame, perdit l'usage de la parole pendant des jours. Mon père, trop affaibli par les revers de mains qu'il venait d'essuyer pendant de longues minutes, ne put intervenir. Nous ne dûmes notre salut qu'à l'intrusion tardive mais salutaire d'un groupe de Résistants, ses amis. Ils s'appelaient Maurice, Raymond, Marcel. Ils étaient vignerons ou maréchal-ferrant, tous avaient décidé d'une seule voix de suivre le chemin de la Résistance et d'obéir à leur chef, un certain Paul Arnoux, ce père que j'admirais tant mais dont j'ignorais les activités clandestines. Jusqu'à cette nuit de deuil, sauvage et brutale qui fit de ma mère une martyre. C'était une nuit glaciale et moribonde qui fixa dans ma mémoire l'image de la souffrance et d'une disparition odieusement injuste. Pour sauver nos vies promises à un dénouement tragique, les compagnons de la Résistance avaient dû abattre les agents de la Gestapo. Parmi eux, il y avait un homme dont le frère, un jeune SS qui idolâtrait son aîné, jura de nous traquer sans relâche jusqu'à la mort. Nous avions été contraints de vivre cachés, au fond d'un troglodyte à quelques pas de Saumur, attendant par nécessité des heures plus paisibles pour se faire oublier.

Je vivais comme une torture la disparition de ma mère. Les grands espaces m'appelaient, j'avais besoin de respirer. Par une nuit inquiétante, bravant les interdits d'un père qui m'exhortait à rester dans l'ombre, j'allai faire un tour au bord de notre rivière : le Thouet. C'est là que je fis la connaissance de Benoît. Il vivait comme un reclus, se cachant lui aussi pour échapper aux policiers français qui arrêtaient tous les juifs, même les enfants. Notre amitié fut immédiate. Ensemble, nous nous sentions plus forts. Plus tard, nous fîmes la connaissance de Mathilde qui fit de nous ses protégés. Mon père fut exécuté sous mes yeux lors d'une nuit de combats, où ses compagnons le suivirent aux termes d'une lutte qui ne laissa la victoire qu'à leur courage. Ils avaient tous péri. Le meurtrier, le jeune SS, préféra se donner la mort plutôt que je la lui donne moi-même. Depuis, ma vie avait été complètement bouleversée. J'ignorais où se trouvait ma sœur, et Mathilde était devenue une seconde mère. Il n'y avait dans ma vie d'écorché que cette femme au courage sans limite, dont l'existence se bornait désormais à nous protéger Benoît et moi.

Dans cette cave sordide où je n'arrivais pas à trouver le sommeil, j'essayais de penser à ceux qui n'avaient jamais voulu qu'une chose : mon bonheur. Ce fut grâce à l'image de leurs figures si apaisantes que je pus enfin m'endormir.

IV

Les portières claquèrent et les moteurs continuèrent à tourner. Dehors, les aboiements des chiens couvraient à peine ceux de leurs maîtres. Le vacarme et les coups de sifflets témoignaient d'une grande agitation. Je reconnus ces hurlements, pour en avoir déjà entendu de semblables. Quand j'ouvris les yeux, ce fut pour constater qu'il faisait jour et que le colonel Harrington se tenait debout, tête levée. Il y avait à la hauteur de ses yeux un soupirail très encombré mais qui laissait filtrer un rai de lumière suffisant pour éclairer l'intérieur de la cave et permettre d'entrevoir ce qui se passait à l'extérieur. Lorsque le colonel vit que je ne dormais plus, il posa son index sur ses lèvres. Benoît et Mathilde étaient à ses côtés.

Je m'approchai d'eux. En me juchant sur une

cagette, je pus discerner quelques éléments de la scène qui se déroulait dans la rue, en face du presbytère. Au milieu de l'agitation et des heurts, les bottes d'un soldat demeuraient immobiles. L'officier allemand ne bougeait pas et vociférait des ordres à des hommes courant de tous les côtés. Les camions étaient débâchés, un side-car attendait sur le trottoir, et les chiens aboyaient toujours.

— *Raus, schnell!*

Des soldats tambourinaient aux portes des maisons, d'autres hurlaient je ne sais quoi en allemand. Bientôt, des cris de femmes se firent entendre, et des villageois hagards apparurent. Au-dessus de nos têtes, une main s'excita contre la porte d'entrée pour que quelqu'un vienne ouvrir. La voix du curé ne tarda pas :

— Voilà voilà, j'arrive!

Une brute dut assener un violent coup d'épaule à la porte et parvint à la forcer dans un fracas épouvantable. Des hommes firent irruption dans la maison et se mirent à courir en tous sens à l'intérieur. Un objet tomba.

— *Schnell, schnell!*

Je sentis ma respiration s'accélérer et Benoît

m'adressa un regard terrifié. Le colonel Harrington sortit son arme et actionna la culasse. Un simple geste suffit à nous faire comprendre que nous devions nous tenir à couvert. Mathilde se précipita sur nous :

— N'ayez pas peur !

Mais finalement, les soldats ne restèrent pas dans la maison. Ils poussèrent sans ménagement le curé au milieu de la rue, aux côtés d'autres civils qui arrivaient par familles entières. Des soldats les entourèrent et se mirent en position, mitraillettes pointées. Celui qui aurait voulu s'échapper n'avait aucune chance d'y parvenir. Les moteurs furent coupés et les chiens firent silence assis aux pieds de leur maître. Nous n'entendîmes que les sanglots entrecoupés d'un petit vieux dont le sang ruisselait de la tête. L'officier qui encadrait l'opération prit la parole d'une voix neutre :

— Vous avez tous entendu l'avion s'écraser cette nuit.

Il marqua une pause et poursuivit :

— Nous pensons que des terroristes sont dans ce village. Nous pensons qu'il est de votre devoir de nous dire où ils se trouvent.

Il marqua encore un temps d'arrêt et entama les cent pas, mains derrière le dos.

— Si vous nous dites où sont cachés les terroristes, tout ira bien. Cela n'est qu'une simple question de bon sens. N'est-ce pas? Nous ne voulons pas de mal au peuple de France. Nous voulons seulement arrêter ces terroristes.

Il chercha du regard un civil qui aurait quelque chose à dire. Face à lui, des dizaines de personnes gardaient la tête baissée. J'ignorai s'il s'agissait ici du village tout entier ou d'une partie seulement. Mais il y avait des hommes et des femmes de tous âges, des enfants, et des mères qui tenaient serrés contre elles de très jeunes bébés. Beaucoup venaient d'être tirés du lit, à une heure où les lueurs du jour n'étaient apparues que depuis peu. L'Allemand s'arrêta de marcher et scruta une dernière fois la foule qui s'entêtait dans son silence. Devant ce mutisme, il précisa :

— Des soldats vont fouiller vos maisons. Ils vont peut-être y mettre le feu. À vous de décider.

Il se contenta d'un geste, et un homme équipé d'un lance-flammes se rapprocha d'une habitation. Une torche vive d'une longueur impressionante fut projetée contre une fenêtre qui vola aussitôt en éclats. Le soldat enflamma l'intérieur et visa une seconde fenêtre.

— À vous de décider, répéta calmement l'officier.

À l'intérieur de la cave, le colonel Harrington serrait ses doigts contre la crosse de son arme. Le sentiment d'impuissance qu'il ressentait le mettait dans un état d'irascibilité grandissant.

Il se dit à voix basse :

— Le curé ne parlera pas. J'en suis sûr.

— Calme-toi, lui fit Mathilde qui craignait de le voir agir. Tu ne dois pas bouger d'ici. Ils ne savent pas que nous sommes là. Cette nuit, j'ai pu voir une pancarte qui indiquait les directions d'autres villages à proximité. Les Allemands ignorent que nous sommes à La Fresnaye.

Elle se tenait derrière lui, la main posée sur l'épaule, comme pour le retenir. Craignant sans doute de manquer de persuasion, elle reprit :

— Nous pourrions très bien nous trouver dans un autre village, ou n'importe où... Ils n'ont aucun moyen de le savoir.

— Sauf si quelqu'un nous a trahis, l'interrompit

le colonel. Nous avons très bien pu être vus cette nuit en train de traverser le village.

Cette perspective nous fit à tous froid dans le dos. Benoît s'assit à côté de moi et replia ses jambes sur sa poitrine. Il inspira une grande bouffée d'air, le visage contre les genoux.

Mathilde trouva des arguments :

— Si c'était le cas, ils fouilleraient les maisons les unes après les autres. Regarde, il n'y a qu'une quinzaine de soldats seulement. Je suis certaine qu'ils en font autant dans les autres villages, faute d'informations précises. Crois-moi, s'ils étaient sûrs de nous trouver ici, ils seraient deux fois plus nombreux et entreraient dans chaque maison.

L'officier anglais ne trouva rien à répondre, et gardait le regard fixé sur ce qui se passait à l'extérieur.

La voix de l'Allemand se fit entendre :

— Bien... Puisque vous ne voulez pas dire où sont les terroristes, je vais devoir faire quelque chose qui ne va pas vous plaire.

Il nous tournait le dos et faisait face à la population. Il tendit la main et la présenta grande ouverte. Il expliqua :

— Cinq d'entre vous vont partir avec nous. Tous les jours, l'un d'eux sera tué. Quand il n'y en aura plus, nous reviendrons en chercher cinq autres. Jusqu'à ce que vous nous disiez où sont les terroristes.

Il désigna de l'index ceux qui allaient devoir partir. Il tria ses victimes sans même leur porter un regard. Aussitôt, des hommes empoignèrent les villageois les uns après les autres et les conduisirent vers les camions. Une vieille femme en robe de chambre fut poussée par le plat d'un fusil. Prise de panique, elle se mit à hurler. Elle trébucha, tomba mais ne parvint pas à se relever.

– *Vorwärts, wenn du nicht sterben willst!*

Elle fut empoignée par les cheveux. Ses jambes vacillantes s'affaissaient comme du carton mouillé. Le visage hagard, elle finit par avancer vers le camion.

L'officier allemand prit un air faussement arrangeant :

— Toutes ces souffrances peuvent être évitées... Il vous suffit simplement de dire ce que nous voulons savoir.

Notre curé était toujours là. Son regard était

vide ; il assistait à la scène avec autant d'effroi que de colère. D'un coup, il sortit du groupe et interpella l'Allemand :

— Attendez ! Attendez !

Des soldats craignant pour la sécurité de leur supérieur se précipitèrent sur le civil. Aussitôt, des bras le ceinturèrent et le prêtre s'écria :

— Je sais où sont vos terroristes !

— *Ach !* Enfin.

L'Allemand fit un geste et le curé put avancer.

Dans la cave, Mathilde se sentit défaillir. Le colonel Harrington ne bougeait plus et Benoît se posa les mains à plat sur les yeux. Je plissais les miens de toutes mes forces. Nous entendîmes :

— Je sais où ils se trouvent.

— *Ja*, je vous écoute.

— Ils sont passés chez moi, cette nuit. Ils m'ont demandé de les aider.

— Mmmm.

— Ils sont entrés. Et...

— Et ?

— Je leur ai donné à manger, puis je leur ai dit de partir.

— Partir ?

— Oui. Il y a eu dans un village près d'Alençon, un curé qui a voulu aider des Résistants. Il a été fusillé.

L'officier allemand se frotta le menton et fixa sans entrain le bout de ses bottes. Le visage impénétrable, il poursuivit :

— Il est possible que ce soit la vérité. Mais il est possible aussi que vous mentiez.

— Je jure devant Dieu que c'est la vérité.

— Dieu ? enchaîna-t-il, visiblement amusé. Combien étaient-ils ? Cinq, six ?

Il s'approcha du curé et pointa son index à quelques centimètres seulement de son nez, avant de siffler comme un serpent :

— Faites bien attention, monsieur le curé. Nous savons beaucoup de choses sur ces gens. Alors ne vous trompez pas...

— Je ne leur ai pas posé de question. Je ne sais rien d'eux...

L'Allemand s'emporta :

— Combien étaient-ils ? Femmes ? Hommes ? Enfants ? Combien !

À cet instant, nous nous sommes tous posé cette même question : Isidore avait-il précisé à son frère que le colonel Harrington s'était fait passer pour mort, remplacé par le cadavre d'un couvreur ?

— Une femme et deux enfants, lâcha soudain le curé. Je ne sais rien de plus.

L'Allemand plaça ses poings sur les hanches et fixa de toute sa hauteur ce prêtre qu'il suspectait de soutenir des activités de Résistance. Il se maintint avec orgueil sur ses jambes arquées. Le ton devint mielleux :

— Je pourrais faire fouiller votre maison, monsieur le curé. Qu'en pensez-vous ?

— Faites, vous verrez que je vous dis la vérité.

L'officier sourit, leva la tête, et se mit à cracher une succession de phrases en allemand. Les soldats se dispersèrent comme une volée de moineaux et le cordon d'encerclement des villageois se défit. Les portières des véhicules se mirent à claquer de toutes parts. Les deux gardes qui encadraient le curé attendaient les consignes de leur commandant.

— Nous allons devoir vous emmener, expliqua-t-il, et ceci pour parler ensemble.

À ces mots, il quitta ce cercle informel dans lequel il s'était offert en spectacle. Les soldats conduisirent le prêtre vers un camion. Les otages qui étaient montés à l'arrière des véhicules furent débarqués en un rien de temps.

— Et maintenant, que va-t-il se passer? s'inquiéta Mathilde.

Le chauffeur de la Mercedes s'empressa d'ouvrir la porte arrière et l'officier allemand posa le talon sur le marchepied. Il se tourna vers les habitants, leva le bras droit et jeta avant de s'asseoir :

— *Heil Hitler!*

La portière claqua et les moteurs rugirent. Mathilde s'effondra à terre.

— Merci mon Dieu, soupira-t-elle, merci!

Camions et side-cars s'élancèrent en cahotant. Le détachement disparut comme il était venu. Hébétés, les villageois restèrent muets et immobiles sur une route qui avait recouvré en un rien de temps une tranquillité insolente. Ils finirent par se disperser et retournèrent là où on était venu les chercher.

— Pas encore, temporisa alors le colonel en écho à ce que venait de dire Mathilde. Le commandant allemand pense que le curé en sait plus qu'il ne veut bien le dire. Ils vont l'interroger.

Je me suis rapproché de lui :

— Et qu'allons-nous faire?

Il haussa les épaules :

— Je n'en sais rien, mon garçon.

— Il ne parlera pas, se persuada Mathilde. S'il n'a pas parlé tout à l'heure, pourquoi parlerait-il plus tard ?

— Sous la torture, tout le monde parle, la contredit le colonel.

— Alors nous devrions quitter cette maison, fit la jeune femme. Avant qu'ils ne reviennent pour la fouiller.

L'officier s'assit près d'elle.

— Surtout pas. Tu peux être certaine que des Allemands grouillent dans toute la région. Et je parie que d'autres garnisons se sont installées en forêt de Perseigne. Il est même possible qu'ils aient maintenu des soldats en cantonnement dans ce village. Le secteur est surveillé. Beaucoup trop surveillé.

Nous étions assis les uns à côté des autres, dans une attitude de réflexion. Le dilemme qui se posait à nous nous acculait au silence. Benoît trouva à dire :

— Et si le curé ne revenait pas ?

— À ce propos, esquiva Mathilde, je me

demande ce qu'est devenu son frère ? Il n'était pas avec les habitants, c'est curieux...

— Oui, effectivement, approuva le colonel avec autant de suspicion. Il est peut-être retourné chez lui après nous avoir quittés cette nuit.

Mathilde blêmit :

— Et si...

— Et si ? reprit l'officier.

— Et s'il nous avait trahis ?

— Cela expliquerait sa disparition, consentit-il. Mais j'ai du mal à y croire. Nous trahir signifierait trahir aussi son propre frère. Non, oublie cette idée. Et puis tu avais raison tout à l'heure. Si les Allemands pensaient vraiment nous trouver ici, ils auraient tout mis en œuvre pour y parvenir.

Soudain un bruit retentit du côté du mur de séparation. Deux pierres bougèrent dans l'angle inférieur et nous vîmes des mains d'homme essayer de les faire pivoter. Nos yeux étaient rivés sur celles-ci. Par crainte, nous prîmes de la distance et le colonel Harrington sortit son pistolet.

À hauteur de nos pieds, la tête hirsute d'Isidore apparut. Sa figure était cramoisie et ses yeux écarquillés montraient combien l'effort déployé pour venir jusqu'ici lui avait coûté. Il rampa un peu, puis se mit debout.

— Ils ont emmené mon frère!

Il avait annoncé cela avec des sanglots dans la voix, et nous comprîmes que des larmes avaient coulé sur ses joues.

Mathilde lui prit doucement la main :

— Mais Isidore, où étais-tu?

— Dans le grenier. Je rangeais des affaires quand...

Il marqua une pause et sanglota :

— Ils vont tuer mon frère, c'est sûr.

— Ce qui est sûr c'est qu'ils vont l'interroger, corrigea le colonel. Ton frère a-t-il déjà eu affaire à la Wehrmacht ou à la Gestapo?

— Je sais pas! Il est curé, c'est tout. Tout ça, c'est à cause de moi. Si j'avais su, je n'aurais rien fait.

Benoît leva les yeux sur le colonel.

— Alors, qu'est-ce que l'on va devenir? On va rester ici?

— Si seulement nous pouvions entrer en contact avec un réseau de la Résistance, soupira l'officier. On s'en remettrait à eux et ils nous aideraient.

Isidore sortit un mouchoir crasseux et plongea le nez dedans.

— Il y a les pigeons.

Il finit de se moucher et comprit à notre silence qu'il manquait de clarté. Il détailla :

— Des fois, les avions anglais ils nous donnent des pigeons.

— Des pigeons voyageurs, confirma le colonel Harrington soudain intéressé par le sujet.

— Oui, c'est ça. Mon frère, il m'a expliqué.

— Des pigeons parachutés, enfermés dans des containers ?

— C'est ça.

— La plupart du temps, ils servent à communiquer avec Londres, expliqua le colonel. Ils sont dressés pour rejoindre un poste émetteur tenu par des Résistants. Ceux qui les trouvent leur glissent un message à la bague et les oiseaux s'envolent vers leur point de départ. Londres est alors informé d'une situation souvent liée à l'activité de l'ennemi. Avec un pigeon, on pourrait demander de l'aide. Il n'y aurait plus qu'à attendre.

Sa main serra le bras d'Isidore.

— Crois-tu pouvoir nous en trouver un ?

— Ça dépend des avions. Des fois, il y a des pigeons, des fois pas.

— Où sont parachutés ces containers la plupart du temps ?

— Dans la forêt, pas loin de ma maison. Avant-hier, il y en a un qui a transpercé mon toit. C'est pour ça qu'on a fait venir Robert, le couvreur... Mais le malheureux s'est tué parce qu'il a glissé, vu que...

— Et le pigeon ?

— Mort.

Contrarié, l'officier se gratta la tête et demanda :

— Et ces parachutages sont réguliers ?

— Oui.

— Une fois par semaine ?

— Des fois, ça dépend.

Le colonel Harrington fixa Isidore droit dans les yeux.

— Écoute-moi bien, Isidore. Tu vas retourner chez toi tout de suite. Et tu vas attendre et surveiller ce qui se passe dans le ciel. Tu m'as bien entendu ? Et au prochain parachutage, tu vérifieras s'il y a un pigeon. Si c'est le cas, tu l'emmènes ici. D'accord ?

Il se tourna vers Mathilde pour lui dire :

— Avant que notre avion ne s'écrase, le pilote a eu le temps d'indiquer notre position. La RAF va très certainement parachuter des pigeons dans le secteur. Il faut s'y attendre.

— Et mon frère, demanda Isidore, vous allez le sauver ?

— Je ne peux rien pour ton frère, Isidore. Ils vont l'interroger, le malmener, c'est certain.

— Mais...

— Il faut espérer que tout le monde s'en sorte.

— Mon frère, il parlera point !

— J'espère, parce que de lui dépend notre survie.

Le bonhomme se tut et ses lèvres se mirent à trembler. Un souffle d'orgueil montait en lui. Il déclara avec un patriotisme débordant :

— C'est sûr, mon frère, il parlera jamais ! Jamais !

V

Attendre.

Nous n'avions pas d'autre choix. La situation se résumait ainsi : impossible de quitter les lieux sans risquer de se faire arrêter d'une part, ou attendre d'être éventuellement dénoncés par le curé du village d'autre part. Il nous restait alors un hypothétique et rapide secours de la Résistance locale, dont nous n'étions absolument pas certains qu'il puisse exister un réseau sur ce secteur. Par la force des choses, le presbytère était devenu notre prison. Une fois de plus, je connaissais la captivité. Je vis Benoît traverser un moment de profond désarroi. J'avais aussi peur que lui, et suppliai le ciel que le destin nous conduise vers une issue favorable. Nous avions fait le choix de sortir de la cave ; la découverte des lieux s'opéra sous le halo d'une lampe à pétrole.

— Isidore a bien fait de tout barricader, approuva Mathilde. Personne ne pourra nous voir de dehors.

Avant de partir, il avait reçu la consigne de fermer tous les volets. Nous voulions ainsi faire croire au reste du village que, en l'absence du prêtre, la maison était vide.

— Il n'y a pas de maison attenante à celle-ci, rappela le colonel. Toutefois, nous prendrons garde de ne pas parler trop fort.

Il avait réduit la flamme de la lampe à son strict minimum. À chaque passage devant une fenêtre aux volets fermés, Mathilde s'empressait de tirer les rideaux pour s'assurer que ni la moindre lueur, ni la moindre ombre ne trahirait notre présence.

— Les Allemands ont enfoncé la porte d'entrée, rappela Mathilde, il faudrait réparer la serrure.

— De plus, nous allons vérifier s'il y a ou non une seconde porte à l'arrière, lança l'officier. Nous irons y jeter un coup d'œil. Si les Allemands reviennent, nous aurons alors une possibilité de nous échapper.

Au faîte des marches que nous venions de gravir, nous découvrîmes un salon agrémenté de quatre fauteuils douillets disposés autour d'une table basse. Dans un angle de la pièce, un secrétaire était encombré de dossiers, et le pot d'encre de Chine était resté ouvert. Autour de nous, une décoration chargée rappelait le culte et la vénération de Dieu : reliques émaillées, figurines à l'effigie de la Vierge, ainsi que quelques portraits plus ou moins imposants du Christ qui le représentaient dans des styles différents.

— Profitons-en pour en apprendre un peu plus sur ce prêtre, proposa Mathilde. Qui sait? Il n'est peut-être pas celui que l'on croit...

Elle s'approcha des objets dans l'espoir d'en percer les secrets. À bien y regarder, la décoration ne se limitait pas à une adoration de Dieu. Quelques cadres discrets figeaient le curé au côté de son frère Isidore. Les photographies traversaient le temps et les lieux. Ici, ils avaient été photographiés devant la basilique du Sacré-Cœur à Paris, là, à Lourdes; sur une autre ils posaient en présence du pape Pie XI.

Finalement, ce que nous découvrîmes se limita à peu de chose. Mathilde trouva un plan de la forêt de Perseigne et des communes alentour. Le colonel déplia le document et en examina attentivement les détails.

— Pour les Allemands, lança-t-il, nous pourrions très bien être dans n'importe lequel de ces villages, ils n'en savent rien.

— Je n'en suis pas si certaine, le contredit Mathilde. Nous avons peut-être laissé des traces dans la forêt. Avec des chiens, ils peuvent nous retrouver.

Sur le plan, le nom d'un village était souligné de deux traits épais. Les coups de crayon indiquaient la commune de Villaines-la-Carelle. Benoît attira notre attention sur des documents épinglés :

— Regardez, il y a des photographies du village. C'est une tour !

— Un poste d'observation, corrigea à juste titre le colonel. Et il est immense !

— Villaines-la-Carelle se trouve dans le sud, précisa Mathilde, et nous, nous sommes ici, complètement au nord.

— Ne te fais pas d'illusions, lui lança l'officier qui avait compris où elle voulait en venir, si ce poste d'observation est équipé d'un émetteur, il est certainement à l'usage de l'ennemi.

La tour devait mesurer plus de vingt mètres de haut et il était évident qu'une telle installation, même dissimulée en pleine forêt, aurait sans nul doute attiré l'attention de l'occupant. À l'évidence, cette tour lui appartenait.

— Je la ferai détruire par la RAF, se consola le colonel Harrington. En espérant que je puisse un jour les informer de cela.

Son sourire s'estompa lorsqu'il entendit un bruit de moteur qui provenait de la rue. À son geste, nous comprîmes qu'il exigeait le silence : il tendit l'oreille. Devant la maison, des véhicules passaient sans ralentir. À en juger par les ronflements insistants, ils étaient nombreux.

Benoît se raidit :

— Les Allemands sont en train de s'installer. On ne pourra vraiment plus sortir d'ici.

— Ne baissons pas les bras, lui répondit Mathilde. Il faut garder espoir. Allons voir la chambre à coucher !

Elle s'avéra bien ordinaire : un lit et une table de chevet constituaient le maigre mobilier. Sans surprise, un crucifix montait la garde au-dessus de la porte. À côté, la salle d'eau était fonctionnelle, mais dépourvue de véritable confort. Nous pensions en avoir fini avec la visite, quand Benoît s'écria :

— Il y a le grenier !

— Le grenier ? lui répondis-je.

— Oui. Isidore a dit qu'il était en train de ranger dans le grenier quand les Allemands sont arrivés.

Il avait raison. Mathilde prit l'affaire au sérieux et se mit à chercher l'accès au dit grenier. L'entrée était au fond du couloir de l'étage supérieur, celui qui desservait la chambre, la salle d'eau et le petit débarras. La porte était à peine visible, car elle avait été peinte dans les mêmes tons que le couloir. Mathilde l'ouvrit et fut la première à poser le pied sur un escalier court et branlant. Nous découvrîmes des combles encombrés, aménagés en grenier, au plancher usé. En cette matinée plutôt lumineuse, le soleil dardait ses rayons par les fenêtres de toit et du chien-assis.

— Attention à ne pas être vu ! mit en garde le colonel.

Mais à cette hauteur, un vis-à-vis était peu probable. Circonspecte, Mathilde s'approcha de la fenêtre et tenta de jeter un coup d'œil. Elle fronça les sourcils puis sourit :

— Personne ne peut nous voir. Venez !

De ce point culminant, nous pouvions apercevoir une partie du village : la rue d'en face, une série de maisons qui partaient de biais, ainsi qu'une seconde route menant à un point de croisement. À ce carrefour même, trois feldgendarmes assuraient le contrôle des papiers.

— Vaches ! tempêta Mathilde. Effectivement, ils sont partout...

Cette sinistre nouvelle me glaça le sang. Benoît aussi en fut quitte pour une frayeur supplémentaire.

— Nous pouvons au moins les observer d'ici, fit remarquer le colonel sans quitter les troupes des yeux. En journée, l'un de nous viendra pour surveiller. Cette fenêtre nous servira de poste d'observation.

Benoît s'approcha du colonel :

— Car vous pensez que l'on va rester ici plusieurs jours ?

— Cela me paraît très probable. Mais regarde...

Les Allemands ne sont pas très nombreux. Trois ici et peut-être trois autres à l'autre bout de la rue. S'ils pensaient vraiment nous trouver dans ce village, ils seraient partout et perquisitionneraient chaque maison. Les véhicules que nous avons entendus tout à l'heure devaient probablement s'arrêter dans les villages du coin, pour y déposer des hommes.

J'avais envie de crier, de briser la fenêtre et de mitrailler ces Allemands qui dressaient contre nous un dispositif de mort.

Mathilde se fraya un chemin à travers un bric-à-brac de vieilleries gisant çà et là. Elle se tourna vers le colonel et remarqua :

— Il n'y a pas une seule photo du maréchal Pétain dans cette maison...

— Mais il n'y pas non plus de TSF branchée sur Radio Londres! ironisa le colonel.

Impossible d'en apprendre davantage sur l'homme qui habitait ici. Une seule chose demeurait évidente : sa foi envers Dieu.

Trois jours s'écoulèrent durant lesquels nous demeurâmes en silence dans cette maison. Depuis la fenêtre du grenier, nous pouvions observer quotidiennement ce qui se passait dans le village. L'activité de l'ennemi ne variait guère. Pas plus d'ailleurs que notre nourriture : rutabagas le plus souvent, jambon à l'occasion. Si nous avions de quoi manger, les occupations étaient limitées et l'ennui gagna immanquablement du terrain. Nous trouvâmes quelques livres à parcourir, rien de bien excitant. La nuit, le colonel avait exigé que nous restions à l'intérieur de la cave. Il y faisait aussi froid que dans le reste de la maison : en effet, il était hors de question pour nous d'allumer la cheminée !

C'est au matin du troisième jour, que nous entendîmes des pas du côté de la porte d'entrée. Il était tôt et nous étions tous dans la cave, à une exception près.

— Où est Benoît ? s'inquiéta Mathilde.

Soudain, la tête du fuyard apparut, le sourire aux lèvres :

— Isidore est là !

Nous sortîmes tous de notre cachette pour aller le trouver. Le brave Sarthois était penché sur la serrure de la porte d'entrée et tentait de réparer les dommages causés par les Allemands. Quand il releva la tête aucune expression de bonne ou de mauvaise humeur n'apparut sur son visage.

— Va falloir changer la serrure, se contenta-t-il de dire.

Nous étions face à lui, ravis de le voir, mais aussi un peu anxieux à l'idée des nouvelles qu'il nous apportait. Le colonel s'empressa :

— Alors ? Des nouvelles de ton frère ?

— Il est à Mamers.

— Tu as pu le voir ?

— Hier.

— Et ?

— Ça va. Ils l'ont tapé, un peu, mais ça va...

— Et est-ce qu'il...

— Non ! Je suis certain qu'il n'a pas parlé !

Mathilde lui sourit :

— Tu sais autre chose ?

Il haussa les épaules.

— J'espère qu'il va revenir, mais je sais pas quand.

— De toute façon, ils ne savent rien, lui assena l'officier. Je suis persuadé qu'il sera bientôt ici.

Le colonel changea de conversation :

— Et pour le reste, ça se passe comment ?

— Ils sont partout ! Y a plein d'Allemands partout. Ils sont venus chez moi et ils ont fouillé notre maison.

— Et le corps du couvreur ?

— Germaine l'a fait.

— Germaine ?

— Ma femme ! Elle a emmené le corps comme vous lui aviez demandé. Elle y a mis le feu.

— Très bien... Et les parachutages de pigeons, il y en a eu ?

— Non. Et puis il y a trop d'Allemands dans la forêt. Même si les avions arrivaient, ce sont les Boches qui attraperaient les containers.

Le colonel Harrington partagea ce point de vue, paraissant très contrarié. Mais Isidore n'en avait pas fini :

— J'ai quelque chose à vous donner.

Il plongea sa grande main malhabile dans la poche de son pantalon et en sortit un petit objet qu'il présenta au colonel.

— Tenez.

— Qu'est-ce que c'est ? lui demanda l'officier intrigué.

— C'est une bague !

— Une bague ?

— J'ai réussi à l'enlever de la patte du pigeon, expliqua l'innocent, j'espère que je vais arriver à la remettre. Parce que, je vous explique : c'est pas mon pigeon, c'est celui de Boitel. Mon copain Boitel, il est...

— Pigeon ? Quel pigeon ? Et qui est Boitel ? Qu'est-ce que ça veut dire ? souffla l'officier.

— Boitel, il est comme moi. C'est mon meilleur copain depuis la communale. Lui, il était dernier, moi avant-dernier. Il a trouvé un pigeon dans un container, y a longtemps. Et il l'a gardé parce qu'il voulait le manger, vu qu'avec les restrictions...

— Le manger ? répéta Mathilde éberluée. Un pigeon voyageur !

— C'est bon un pigeon, se formalisa Isidore un peu vexé. C'est pas la première fois qu'on en mange du pigeon avec mon copain Boitel !

Nous le fixâmes, incrédules, et je détaillai avec curiosité ce personnage décidément peu ordinaire. Le colonel Harrington ne comprenait pas :

— Mais pourquoi tu ne nous as pas dit tout ça plus tôt ?

— Je pensais que Boitel, il l'avait mangé depuis longtemps son pigeon.

— Et il est où ce pigeon ?

— Chez lui, pas loin de ma maison.

Nous demeurâmes bouche bée. Un silence qui dura le temps que le colonel Harrington détaille cette bague placée au creux de sa paume. Il tenait dans sa main notre seule chance de sortir d'ici.

— Il ne faut pas perdre de temps, s'écria-t-il. Je vais rédiger tout de suite un message. Et toi Isidore, tu vas t'empresser de mettre cette bague à la patte du pigeon. Tu lui redonneras sa liberté sans tarder. D'accord ?

— Bon.

L'officier se dirigea vers l'escalier et monta l'étage qui conduisait au salon. Nous le suivîmes. Il s'installa devant le secrétaire, trouva de quoi écrire et commença à rédiger un mot succinct sur un petit morceau de papier. Il nota tout d'abord son numéro d'identification militaire que j'imaginais codé, puis l'adresse de la maison, la mention *informer Londres* et signa de trois lettres : CJH, pour *colonel James Harrington.* Il regarda ce bout de papier fixement, s'interrogeant probablement sur la clarté de son message et s'assurant qu'il n'avait rien oublié. Il finit par le plier méticuleusement et le coinça dans la bague.

— Voilà, dit-il. Isidore, c'est à toi de jouer.

Isidore reprit la bague, le visage grave, mesurant sans doute l'importance de son rôle et l'espoir que l'on misait sur lui. Il se contenta d'un signe de tête déterminé et Mathilde lui saisit les mains :

— Merci Isidore, merci pour tout.

— Je m'en occupe tout de suite.

Il avait une besace dans le dos. Le geste prompt, il l'ouvrit et en sortit une miche de pain qu'il remit aussitôt à Benoît.

— Il est d'hier, s'excusa-t-il. C'est Germaine qui l'a fait.

Il quitta la maison avec cette bonne humeur qui caractérise les innocents. Dans le village, nul ne pouvait le suspecter d'être venu ici pour accomplir autre chose qu'arroser les plantes, aérer la maison, ou encore nourrir un éventuel animal. Nous le regardâmes s'éloigner depuis la fenêtre du grenier, sans qu'il s'en doute. Il traversa la rue de son pas élastique, avec sa mine de rêveur et cet air toujours aussi content de lui. Il arriva au point de croisement, là où les feldgendarmes arrêtaient piétons, cyclistes et quelques rares automobilistes. Mathilde fut la seule à continuer à le suivre du regard. Nous étions sur le point de quitter le grenier, quand soudain, elle poussa un cri. Sa main était posée sur sa bouche et ses yeux ne bougeaient plus. Quelque chose venait de se passer dehors, quelque chose qu'elle était la seule à avoir vu.

— Que t'arrive-t-il ? lui demanda le colonel en accourant près d'elle.

Nous nous étions tous approchés de la fenêtre. Isidore continuait à marcher, tranquillement. Il s'engouffra dans la forêt et disparut le plus naturellement du monde.

— Alors ? insista l'officier.

Elle finit par lâcher :

— Isidore, il est passé à côté des Allemands.

— Et qu'a-t-il fait ?

— Rien.

— Rien ?

— Il n'a pas eu à présenter ses papiers. Il est passé, comme ça.

— Les Allemands ne l'ont pas contrôlé ?

— Non. Il est passé à côté d'eux. Je suis certaine

qu'ils l'ont vu, et pourtant... Ils ne lui ont rien demandé. Rien.

Le colonel Harrington se mit à gesticuler nerveusement. Il baissa la tête et déclara d'un air abattu :

— S'il est du côté des Allemands, alors... nous sommes fichus...

VI

La conversation n'en finissait plus entre Mathilde et le colonel Harrington. La jeune femme hasarda une théorie :

— Isidore a très bien pu négocier notre arrestation contre la libération de son frère.

— Quelque chose m'étonne, enchaîna l'officier, les Allemands, s'ils savent que nous sommes ici, pourquoi ne viennent-ils pas nous chercher ? Tout cela n'a pas de sens !

Nous étions dans le salon, Benoît se tenait assis, recroquevillé au fond d'un fauteuil. J'étais aussi terrorisé que lui. Mathilde et le colonel parlaient debout près du secrétaire. Mathilde ne cachait pas son inquiétude :

— Nous devrions partir, proposa-t-elle. Avec un peu de chance, nous pourrions déjouer les contrôles allemands.

— C'est impossible.

— Pourquoi ne pas essayer ?

— Non. Pour réussir, nous aurons besoin de complices. Les Allemands m'ont l'air particulièrement motivés pour nous retrouver. Sans aide extérieure, nous n'y arriverons pas.

La conversation tomba ainsi, sans qu'aucune solution n'ait été trouvée. Nous étions bel et bien dans une impasse, à la merci de n'importe quel dénonciateur. Benoît gardait le silence, tout comme moi.

Les jours suivants, nous vécûmes dans l'angoisse. La nuit, nous nous allongions les uns à côté des autres. Le colonel Harrington ne dormait presque plus, Mathilde faisait des cauchemars et se réveillait souvent. Le jour, nous nous relayions pour surveiller les rues du village depuis la fenêtre du grenier. Nous nous attendions à ce que la porte vole en éclats, que les cris des Allemands retentissent et qu'une arrestation brutale nous emporte en un éclair. Dix jours s'étaient écoulés depuis la nuit où nous avions mis les pieds dans ce village. Isidore ne réapparaissait pas et le fantôme de son frère planait dans la maison. La crainte allait grandissant, les conversations se faisaient rares au fur et à mesure qu'un climat oppressant s'appesantissait sur nous. Nous étions rongés par le doute et les suspicions en tous genres. Mathilde croyait entendre des voix et le colonel Harrington exigeait le silence à tout bout de champ, quand bien même nous ne faisions pas de bruit. Cette situation devenait épuisante. Nous ne vivions plus. Chaque jour nous étions un peu plus pâles, et notre détention nous rendait d'humeur morose. Benoît, par amitié pour moi, trouva quelques souvenirs ou anecdotes à me raconter. Un effort qui ne nous permit pas de retrouver l'espoir dont nous avions tant besoin. L'idée de la mort était dans l'esprit de chacun, elle nous suivait comme une présence sournoise, une mauvaise compagne. Dans la nuit du onzième jour, les choses prirent une nouvelle tournure.

Une voix nous tira de notre sommeil :

— Réveillez-vous! Vous m'entendez? Réveillez-vous!

— *What?*

Le colonel Harrington s'agita, et Mathilde parvint à allumer la lampe.

— Que se passe-t-il ? bredouilla la jeune femme.

— Vous m'entendez ? reprit la voix.

Mais malgré la lumière, nous ne vîmes personne.

— Où êtes-vous ? questionna l'officier. Montrez-vous !

— Je suis de l'autre côté du mur, précisa la voix d'homme, ne cherchez pas à me voir et restez où vous êtes.

Je me suis brusquement rappelé que la serrure de la porte d'entrée n'avait toujours pas été changée et qu'il était aisé, pour n'importe qui, de pénétrer dans la maison. Nous étions debout à scruter le bas du mur d'où nous savions qu'il était possible d'entrer et de sortir.

La voix continua :

— N'ayez crainte. Je ne vous veux aucun mal.

— Qui êtes-vous ? demanda Mathilde d'une voix sèche.

— Appelez-moi Sam. Je suis de la Résistance. J'appartiens à un réseau sarthois.

— Lequel ? exigea le colonel les doigts noués autour de son arme.

— Je ne vous dirai rien. Absolument rien sur ce

qui me concerne. Je suis venu pour vous aider. Londres m'a donné des informations à votre sujet. Je sais qui vous êtes.

— Comment nous avez-vous trouvés? lui demanda l'officier.

— Vous êtes bien l'auteur du message trouvé dans la bague du pigeon, n'est-ce pas? Eh bien nous l'avons reçu. Pour la cave, j'ai eu de la chance, c'est tout.

Mathilde et le colonel s'interrogèrent du regard. L'officier joua la prudence :

— Qu'est-ce qui me prouve que vous êtes des nôtres? J'ai entendu dire que les Allemands dressaient des rapaces pour intercepter les pigeons. Vous pourriez très bien être du côté de l'ennemi.

— Ce que je sais de vous, colonel Harrington, suffira à vous persuader.

L'identité ainsi mentionnée pour la première fois ne suffit pas à convaincre l'officier :

— Vous connaissez mon nom, c'est très bien. Mais il vous a peut-être été donné par Isidore, ou son frère. Les Allemands ont très bien pu l'obtenir sous la torture!

— Nous ignorons qui sont ces deux hommes. Mais nous supposons que l'un des deux a permis de faciliter notre rencontre, grâce au pigeon.

— Si vous êtes en contact avec Londres, alors ils ont dû vous transmettre des renseignements nous concernant, n'est-ce pas ?

— Comme je viens de vous le dire, c'est exact.

L'homme se tut un instant, puis se lança dans une longue énumération de ses arguments :

— Vous, colonel Harrington, vous vous prénommez James Harold Edward. Vous dirigez le MI-6[1] depuis le début de la guerre. C'est exact ?

— Continuez...

— Mathilde Lemercier n'est pas le véritable nom de la jeune femme qui vous accompagne. Elle s'appelle Magda Dabrowska. Elle est d'origine franco-polonaise.

— Autre chose ? fit Mathilde.

— Oui, madame. Les deux enfants qui sont sous votre protection ont été sauvés par vous. Il y a le petit Jacques Arnoux, fils de Résistant, mère et père assassinés sous ses yeux. Et puis il y a Benoît Levinson,

1. Service de renseignement extérieur. (*N.d.A.*)

pianiste extraordinaire, dont le père était un grand chef d'orchestre. Ses parents, de religion juive, ont disparu en juillet 1942, lors d'une rafle à Saumur. Je n'ignore pas, madame Lemercier, que vous êtes chanteuse d'opéra, artiste internationale, mais ça, tout le monde le sait.

— Ce que vous nous dites là n'a rien de secret, affirma le colonel Harrington. Nous attendons d'autres renseignements, des renseignements que l'ennemi ignorerait totalement...

— Sur le message que vous nous avez transmis, il est apparu une erreur dans la série de lettres et de chiffres qui était notée. Ce code correspond à votre identité propre, il permet de prouver qui vous êtes. Il était écrit : I7-999-OPP-8. Le dernier chiffre est faux, vous le saviez ?

— Non.

— Vous mentez. C'est une technique que vous recommandez personnellement à vos propres hommes, afin d'induire l'ennemi en erreur et de démasquer des agents infiltrés. Alors, si ce n'est pas le chiffre huit, quel est-il ?

— Je vous écoute...

— Le neuf, colonel Harrington... Le neuf!

Il y eut un silence qui dura bien plusieurs secondes. L'homme appuya son récit par un dernier argument :

— Londres vous a envoyé en France pour la mission *Butterfly*, qui a plutôt mal tourné. Vous avez provoqué la mort de plusieurs Allemands, dont un officier : le colonel Obergfell. En ayant exécuté cet homme, vous avez mis à vos trousses la moitié de l'armée allemande!

Son rire ne dura que quelques secondes. Il se tut afin d'écouter ce que nous avions à lui répondre.

— Et vous, lui lança le colonel, qui êtes-vous?

— Je vous l'ai dit. Vous n'en saurez rien. Ni qui je suis, ni de quel réseau je dépends. De plus, vous ne verrez jamais mon visage. J'ai simplement reçu l'ordre de vous venir en aide et je vais le faire.

— Que nous proposez-vous? lui demanda Mathilde.

— Nous allons devoir vous séparer. C'est une évidence : en vous divisant, cela compliquera les recherches allemandes. À ce propos, j'ai une bonne nouvelle, colonel Harrington. J'ai appris que les

Allemands avaient découvert deux cadavres calcinés près de l'avion en forêt de Perseigne. Celui du pilote, et le vôtre. C'est un grand avantage pour nous. Ils vous croient mort ce qui nous donnera moins de mal à vous cacher. Colonel Harrington, vous partez dans quelques minutes. Deux gendarmes français vont venir vous chercher pour vous conduire en dehors du département. Officiellement, vous êtes un prisonnier de guerre roumain. Vous allez travailler à ce titre comme garçon de ferme, dans une propriété isolée tenue par deux des nôtres. Pour vous, la mission en France est terminée. Je ne sais pas de quelle façon vous serez rapatrié vers Londres, ni même d'ailleurs si vous le serez un jour.

Nous vîmes le colonel acquiescer sans rien laisser paraître de ses sentiments.

Mathilde intervint :

— Et les enfants ?

— Là, c'est autre chose. Les Allemands les recherchent activement. Un millier d'hommes ont été répartis sur le nord du département. Ils veulent votre peau, Mathilde. Par chance, nous avons un semblant de réseau qui nous sert uniquement à faire passer de fausses informations. Un message dit que l'on vous avait vu du côté d'Alençon, entre Valframbert et Chenay. Nous ne savons pas si cette information a été reçue ou crue par les autorités allemandes. Nous le saurons bientôt.

— Et après ? fit Mathilde d'une voix qui trahissait son angoisse. Qu'avez-vous prévu pour nous ?

— Soyez patiente. Vous allez devoir passer quelques jours de plus ici. Après tout, ce n'est pas une mauvaise cachette. Plus tard, je serai informé de ce que compte faire Londres. Mais en attendant, il vous faudra patienter. Je suis désolé.

Mathilde préféra s'asseoir. Elle fit glisser ses mains sur ses joues et tira nerveusement ses cheveux en arrière. Sa déception était si grande qu'elle ne chercha même pas à la dissimuler.

— S'il arrive quelque chose à ces enfants, rugit-elle, je ne le pardonnerai jamais à Londres !

— Je dois partir, conclut la voix. Colonel Harrington, dans quelques minutes, les deux gendarmes seront dans cette maison. Tenez-vous prêt.

Nous entendîmes ses pas qui s'éloignaient. Sa voix n'était plus aussi proche :

— J'ai laissé un uniforme de *Kriegsgefangener*[1], vous le trouverez sans difficulté. Bonne chance à tous !

Il n'y eut pas de réponse. Le colonel s'approcha de Mathilde et la serra dans ses bras :

— Si tu veux, je ne pars pas, dit-il. Je suis prêt à renoncer à cet ordre pour rester avec vous. Et puis j'ai des craintes à propos d'Isidore, je ne voudrais pas qu'il vous trahisse.

— C'est inutile, lui répondit-elle. Cet homme a raison. Il est préférable pour tout le monde que nous nous séparions.

Benoît – qui était assis – se leva et fit un pas vers l'officier :

— Et vous reviendrez quand ?

— Je n'en sais rien, dit-il en posant la main sur son épaule. Je vais tout faire pour regagner Londres, avec ou sans l'aide des Forces françaises de l'intérieur. En ce qui vous concerne, j'essaierai de prendre contact avec vous afin de vous venir en aide. Je n'ai pas l'intention de vous abandonner...

Il retira son pistolet de son étui et tendit la crosse à Mathilde. Il lui dit :

1. Prisonnier de guerre.

— Prends-le. En tant que prisonnier de guerre, je n'en aurai plus besoin.

Elle ne le refusa pas.

— Merci, dit-elle.

Puis elle se tut, malgré une évidente envie de parler. Mathilde était comme rendue muette par une émotion trop vive. Elle baissa les yeux puis les plongea à nouveau dans ceux du colonel. Ils s'étreignirent pudiquement.

— Retrouvons-nous à Londres, suggéra l'officier. Là-bas, nous nous marierons.

Je le sentais éprouvé par cette séparation. L'idée de s'éloigner de nous lui laissait probablement l'impression d'un abandon. Il hésitait à s'arracher aux bras de Mathilde, mais des bruits venant de l'extérieur lui indiquèrent que les gendarmes attendaient. Finalement, il se résolut à sortir, et nous le suivîmes. Il gagna la cuisine où les deux militaires patientaient. En le voyant, ils se mirent au garde-à-vous, mais le colonel ne leur rendit pas la politesse d'un salut. Il était trop affecté et se montrait indifférent à tout ce qui n'avait rien à voir avec nous. Il trouva la tenue dont lui avait parlé notre messager et se changea aussitôt.

— Au revoir, les p'tits gars, nous murmura-t-il.

Il nous serra contre lui et nous scruta l'un après l'autre, se passant d'un discours et de mots qui n'auraient rien voulu dire. Je ressentis de la peine à le voir partir ainsi : dans la précipitation et la douleur. Benoît le fixait, les yeux embués de larmes. Le colonel avait revêtu une capote kaki, élimée et marquée au dos des lettres KG. Il attendit encore une seconde, mais sentant monter l'impatience d'un des deux gendarmes, il s'excusa :

— Je dois y aller.

Il s'apprêtait à se retourner mais se ravisa. Il déclara alors sans fixer quelqu'un en particulier :

— Vous êtes ma famille. Je prierai pour ne jamais vous perdre. À bientôt.

Il s'éloigna de nous en même temps que les gendarmes lui emboîtaient le pas. Soudain, la voix de Benoît éclata comme un coup de tonnerre :

— Non !

L'officier se retourna, le garçon courut vers lui. Je ne sais pas s'il chercha à l'empêcher de partir ou à l'étreindre, mais le colonel n'en fut pas surpris.

— Benoît, je compte sur toi pour t'occuper de Mathilde. C'est d'accord ? demanda-t-il.

Et tournant la tête vers moi :

— Toi aussi Jacques! Je compte sur vous deux...

Je crois qu'en cet instant, des larmes glissèrent doucement le long de mes joues. Il n'y eut pas de gros sanglots, ni de cris, mais une tristesse silencieuse et pesante qui me labourait le cœur. Je ne dis rien. Nous le regardâmes s'éloigner dans le couloir, puis la porte d'entrée se referma. Le petit matin emporta l'officier anglais, nous laissant l'appréhension terrible de ne jamais le revoir.

Mathilde me caressa la joue et sourit à Benoît.

— Ce n'est que provisoire, affirma-t-elle. Nous le retrouverons et nous vivrons tous ensemble à Londres. Je vous promets des temps de paix.

Cette femme qui m'avait sauvé la vie, cet officier militaire, cet enfant juif devenu mon meilleur ami, c'était la famille que la guerre m'avait offerte et à laquelle je m'accrochais désespérément. La guerre venait pourtant, en cette aube sinistre, de nous séparer.

VII

Isidore réapparut.

Quelques heures après le lever du jour, notre bonhomme chétif entra dans la maison avec une mine de bienheureux.

— Mon frère va être libéré!

Une nouvelle qui semblait être pour lui une certitude. Il s'en réjouissait.

Mathilde le scruta d'un œil suspicieux. Nous étions postés dans le couloir qui menait à la porte d'entrée. L'accueil glacial de la jeune femme mit un terme aux expressions de béatitude qui égayaient ce visage de scélérat présumé.

— Quoi? fit-il sur un ton de défi mal assuré.

Mathilde continuait de le fixer avec suspicion. Son regard était si dur qu'une expression apeurée figea d'un coup celui d'Isidore. À présent, il craignait le pire et se pétrifia plus encore devant cette femme de tête.

— Mais quoi à la fin ? rugit-il.

— Je sais tout sur toi.

Elle marqua un silence qui le laissa perplexe. Il balbutia :

— Comment ça tout ?

— Tu disais que ton frère va être libéré ?

— Oui. C'est une bonne nouvelle, hein ?

Elle tenait le revolver du colonel Harrington, canon baissé. Isidore ne manqua pas de le remarquer. Il mesura alors la gravité de la situation et, d'instinct, il fit un pas en arrière. Je l'imitai, car à cet instant tout pouvait arriver. Les battements de mon cœur s'accélérèrent et je compris que le pire était à prévoir. Benoît paraissait plus à son aise et observa la scène avec des yeux vifs.

— Allons dans le salon, déclara Mathilde d'une voix sans aucune complaisance. Et fais attention ! Je sais me servir de ça, crois-moi, tes amis allemands le savent.

Dans la pièce aux volets fermés, Mathilde lui désigna un fauteuil dans lequel il s'installa sans broncher. La jeune femme se tint à l'écart à une distance suffisante pour lui permettre, en cas d'attaque, de riposter. Soudain, Benoît, à notre grande surprise, s'interposa :

— Mathilde, je suis sûr qu'il est innocent !

Je me tenais bien en retrait dans l'angle de la pièce, préférant une présence discrète. La réponse de Mathilde fut claire :

— Tais-toi Benoît, et ne reste pas entre nous...

Il s'exécuta. Mathilde resta debout et maintint le silence. Isidore expliqua sur un ton dont l'euphorie nous parut incongrue :

— J'ai appris hier ! C'est sûr, ils vont le libérer.

— Tant mieux, fit Mathilde toujours aussi glaciale. C'est une très bonne nouvelle.

Il balaya le salon du regard, et comprit qu'il manquait quelqu'un :

— Où il est le colonel ?

— Il est parti, répondit Mathilde.

— Parti ? Où ça ?

— Je ne sais pas.

Isidore parut un instant contrarié, puis, sans plus d'apitoiement, il proposa d'une voix joviale des plus déplacées :

— Si on faisait une grande fête pour mon frère? On va manger des gâteaux, et boire de la limonade!

— Pourquoi pas, répondit Mathilde toujours piquante. Mais, comment sais-tu que ton frère va être libéré?

— Parce qu'il me l'a dit! Quand je suis allé le voir à la prison de Mamers!

— Et tu as une voiture?

— Non. J'ai mon vélo.

Mathilde inspira profondément. Son visage devint aussi grave que le ton qu'elle employa :

— C'est tout de même étonnant que les Allemands aient décidé de libérer ton frère. Après tout, il a reconnu avoir secouru des Résistants.

Il haussa les épaules.

— Et le pigeon? C'est bien moi qui vous ai aidé à trouver le pigeon, non?

Un sanglot marqua la fin de sa phrase. Je commençais à ressentir de la peine pour lui. Un regard échangé avec Benoît me fit comprendre qu'il partageait ce sentiment.

— Prouve-nous que tu es des nôtres, lui suggéra Mathilde, et tu auras la paix.

Il resta de marbre, incapable de répondre. Je ne

sais pas très bien ce que ressentait Mathilde en cet instant. Notre survie à tous dépendait de la loyauté de notre entourage. S'il s'avérait qu'Isidore était un traître, nos vies étaient perdues. Au bout du compte, j'approuvais l'attitude de notre investigatrice, la considérant nécessaire au vu de notre situation. Devant le silence de notre suspect, la jeune femme prit une décision :

— Benoît, va chercher de la corde. On va l'attacher. Tu en trouveras peut-être dans le grenier. Va.

Il releva la tête, visiblement étonné que Mathilde face appel à lui, et se pressa d'exécuter cette tâche. Isidore, pris de panique, porta la voix plus fort :

— Non ! Je ne suis pas un traître !

Des larmes roulaient sur ses joues et ses yeux suppliants se tournèrent vers moi, implorant mon aide. Son appel silencieux me bouleversa.

— Mathilde, demandai-je, et si tu te trompais ?

Elle ne me répondit pas, marquant par son silence que sa décision était irrévocable. Benoît tardait à réapparaître, il n'était peut-être pas facile de trouver un bout de corde. Je tentai de tirer parti de ce contretemps :

— Souviens-toi, Mathilde : le pigeon, ça a

marché. Ça prouve bien qu'Isidore est des nôtres, sinon il n'aurait pas...

— Es-tu certain de ce que tu dis ?

Le ton sévère de sa réplique me laissa muet. Elle enchaîna :

— Cela ne prouve rien. Le Résistant de cette nuit, c'est peut-être un traître. Et je commence à regretter d'avoir laissé le colonel partir. Tout cela pourrait très bien être un piège qu'on nous aurait tendu.

Cette perspective me glaça le sang. Cela signifierait que le colonel Harrington serait entre des mains ennemies. Il aurait été pourtant plus simple pour les Allemands d'entrer et de nous arrêter tous. Mais une méthode aussi brutale aurait pu coûter la vie de l'officier anglais. Capturé vivant, les autorités allemandes pouvaient espérer en tirer des renseignements utiles. Le colonel Harrington avait des fonctions importantes au sein des services secrets britanniques, il était aussi un ami personnel de Churchill.

Mathilde fixa Isidore et lui déclara sur un ton dépourvu de haine :

— Une preuve, je veux juste une preuve.

Dans les yeux du coupable présumé, nous ne

vîmes que le désespoir, et aucune réponse aux questions de Mathilde. Isidore renonça à se défendre et, en signe d'abdication, baissa la tête en sanglotant.

Soudain, nous entendîmes des bruits de pas à l'étage supérieur. Benoît descendait quatre à quatre l'escalier : il débarqua dans le salon.

— J'ai une bonne nouvelle, lança-t-il avec euphorie, il n'y a plus de soldats dans le village. Ils ont disparu. J'étais dans le grenier, et je n'en ai pas vu un seul dehors ! Les gens peuvent aller où ils veulent, ils ne sont plus contrôlés.

— Ça a marché, chuchota Mathilde.

La fausse information répandue par la Résistance locale avait permis de faire croire au commandement allemand que nous n'étions pas ici, mais plus à l'ouest, vers Alençon. Un sourire illumina nos visages. Mathilde était soulagée :

— Merci, mon Dieu !

— Tu es donc innocent, Isidore ! s'exclama Benoît.

La jeune femme ne fut pas si catégorique :

— Mais explique-nous pourquoi les feldgendarmes ne t'ont pas contrôlé l'autre jour ?

Il ne sut que répondre et renonça à se lancer dans

une explication qui aurait été de toute façon décousue. Benoît tenait une bobine de ficelle à la main. Mathilde s'en empara et apprécia la solidité de ce qui allait lui servir de liens.

— Nous allons te garder ici, expliqua-t-elle à Isidore, au moins pour quelques jours. Si tu es vraiment innocent, tu n'as rien à craindre. Je préfère ne pas prendre de risques, tu comprends ? Je vais t'attacher.

Benoît s'emporta :

— Mais il est avec nous !

— Peut-être, souffla la jeune femme sans se mettre en colère, dans ce cas, il retrouvera très vite sa liberté.

Elle passa derrière le fauteuil où il était assis. Sur un ton calme, elle lui demanda :

— Lève-toi et mets tes mains derrière le dos.

Isidore, l'air plus fluet et vulnérable que jamais, se mit debout et croisa ses mains comme cela lui avait été demandé. Il nous regarda Benoît et moi avec un air groggy, puis il baissa la tête tel un condamné. Nous ne pûmes voir la façon dont Mathilde s'y prenait pour lui ficeler les poignets. Benoît et moi étions attristés par la façon dont elle le traitait. Un petit bruit à la hauteur des pieds de la jeune femme attira notre attention. Quelque chose venait de tomber sur le parquet.

Le pistolet.

Isidore l'avait à portée de main. En un rien de temps, il pouvait le ramasser. Mathilde se précipita pour le faire, mais l'homme lui administra une bourrade, si brusque qu'elle en perdit l'équilibre. Benoît poussa un cri. Quand Mathilde se redressa, le Sarthois tenait l'arme braquée sur elle. Il la stoppa dans son envie de la récupérer :

— Arrêtez!

Son visage avait changé d'expression. Celui de Mathilde aussi. J'avais posé mes mains à plat sur ma tête car dans la panique, je m'attendais à entendre des coups de feu. Les yeux de la jeune femme étaient grands ouverts.

— Mon Dieu!

Ce n'était plus l'homme que nous connaissions qui était en face de nous. Il avait des yeux de dément et son visage, son corps tout entier tremblaient. Le pouvoir était entre ses mains. Une chose rare pour celui à qui le monde entier faisait ressentir toutes ses différences. J'eus alors la certitude qu'il n'avait jamais été du côté des Allemands. Car si tel avait été le cas, il aurait profité de cet instant pour proclamer des aveux ou proférer des menaces. Mais la situation présente lui offrait une tout autre possibilité : renvoyer à ceux qui l'excluaient de leur monde tout le poids d'une vengeance nourrie par des années d'humiliations accumulées. Il était tendu, prêt à tout. Mathilde ne bougeait plus. S'était-elle préparée au pire ? La voix de Benoît nous surprit tous :

— Isidore... C'est maintenant que nous allons savoir si tu es des nôtres...

Mais il n'avait pas entendu la réplique de mon ami. Trop enfermé dans son délire, ses yeux restaient rivés à Mathilde, tout comme le canon du pistolet. Benoît tenta une fois de plus :

— Isidore, je t'en prie...

Je fis un pas vers le Sarthois. Mais je sentis qu'il pouvait à tout moment faire volte-face et appuyer sur la détente, davantage dans un réflexe de panique que par une volonté de tuer. Sa main tremblait toujours et ses yeux étaient noyés de larmes. Il éclata en sanglots et déclara comme un enfant qui n'en peut plus de subir des paroles cruelles :

— Je ne suis pas un traître!

Je le vis alors sortir subitement de sa torpeur, de ce moment de vide, de cette béance d'où plus rien ne pouvait émerger de lui-même, excepté une balle de son pistolet. Mathilde pouvait donc intervenir à condition de trouver les mots justes, ceux qui apaiseraient notre bonhomme. Car il était clair à présent qu'il n'éprouvait pas de haine envers elle. Il battit des cils en attendant une réponse.

— Isidore, dit-elle, ne nous en veux pas. C'est la guerre. Nous avons subi, nous aussi, la méchanceté des autres. Nous ne sommes pas de ceux qui veulent te faire du mal. Nous voulons simplement vivre, comme toi.

Mais il ne comprenait pas vraiment le sens du propos. Son esprit parut s'activer, mouliner des fragments de souvenirs qui le replongeaient dans son passé douloureux :

— Ils m'ont toujours pris pour un idiot.

— Pas nous, lui déclara Mathilde d'une voix apaisante. Nous t'avons pris pour quelqu'un capable de nous trahir, c'est vrai, mais jamais pour un idiot.

Isidore détourna son regard et baissa la main qui tenait le pistolet. Il fit un pas vers la table basse. Le plus simplement du monde, il posa l'arme, et sans se soucier de nous, quitta la pièce le dos rond. Nous entendîmes son pas dans le couloir, puis le bruit de la porte d'entrée. Isidore, ce petit homme frêle qui cherchait simplement à être respecté, venait de sortir en emportant avec lui le poids de son passé et de ses humiliations. Nous nous précipitâmes vers Mathilde et ses bras se refermèrent sur nous.

— Mathilde! soupirai-je.

Elle avait eu peur, autant pour nous que pour elle-même. Cette histoire nous laissa à tous une impression étrange. Isidore était un garçon que l'on n'écoutait pas, à peine respecté des autres. Il voulait simplement exister, et sentir qu'on lui accordait un peu d'importance, à lui qui, pour bien des personnes, était au plus bas dans l'échelle de la considération.

Quant à nous, Juifs ou Résistants, nous étions aux yeux des Allemands de ceux dont il était préférable de se passer. L'ennemi était parvenu, au gré de sa domination militaire, à pousser au paroxysme son désir d'éliminer ceux qu'il jugeait inutiles. Si nous ne voulions pas devenir aussi odieux que les nazis, nous devions apprendre à respecter l'autre dans sa différence.

L'après-midi, Mathilde, Benoît et moi n'échangeâmes que quelques lieux communs, et évitâmes, par pudeur sans doute, de reparler de ce qu'il venait de se passer. Ce moment m'incita à la réflexion personnelle, et à me recueillir sur moi-même. Posté à la fenêtre du grenier, je contemplai le paysage, vidé de ses Allemands. Derrière les habitations et de l'autre côté de la route vicinale, il y avait des champs et une forêt en lisière. Mon père m'emmenait autrefois faire des balades à la saison des champignons. Je me mis à rêver, à penser à lui, à ma sœur et à ma mère qui me tenait par la main. L'hiver, nous allions parcourir les sentiers du bois de Verrie, pas très loin de la ferme où nous habitions. Je commençais à ressentir un besoin d'escapade. Les forêts et les plaines m'appelaient. Je voulais sortir d'ici et explorer la nature, me poster au bord d'une rivière et y pêcher aux côtés de mon comparse Benoît, par une journée ensoleillée.

Justement, mon ami me rejoignit au grenier :

— Qu'est-ce que tu fais? me demanda-t-il.

Je lui désignai le paysage au travers de la fenêtre.

— J'aimerais bien aller faire un tour dans cette forêt.

Il haussa les épaules.

— On pourra un jour, c'est sûr.

Mathilde arriva derrière nous et nous ne prîmes pas la peine de nous retourner. Elle se glissa entre Benoît et moi et posa ses mains sur nos épaules. Comme nous, elle contempla le paysage.

— Vous voyez, dit-elle, les choses s'arrangent. Il faut simplement être patients et bientôt, nous serons libres.

Une nuée de pigeons traversa le ciel et vint se poster sur le clocher de l'église, qui sembla accueillir ces visiteurs avec bienveillance. Nous contemplâmes les cieux voilés par un rideau de nuages s'écartant paresseusement pour laisser un court instant percer les rayons du soleil. L'ambiance étrange de ce ciel agité nous réchauffa le cœur et l'âme, le temps d'un répit.

VIII

Le lendemain matin, après une nuit sans souci, Isidore revint. Il tenait un pain sous son bras et un sac dans son autre main. Il apportait deux gâteaux et proposa que l'on en mange un sur-le-champ, afin de célébrer le retour de son frère. Comme Mathilde et Benoît, j'aurais aimé que le colonel Harrington profite avec nous de ce petit moment. On trouva une bouteille de cidre dans le placard sous l'évier, Isidore la déboucha.

— Mon frère, vous verrez, il vous aidera.

C'était pour lui, une façon de nous dire merci. Il était heureux et fier de la confiance que nous avions fini par lui accorder. Il n'en avait pas l'habitude. Il jubilait tel un petit garçon le matin de Noël. Je décelai dans le regard de Benoît une envie de rire qu'il réprima tant bien que mal, soucieux, sans doute, de ne pas se moquer. Pour Isidore, la perspective de retrouver son frère était plus réjouissante encore que si on lui avait annoncé la fin de la guerre. Il reprit du cidre.

— C'est Germaine qui a fait les gâteaux, s'écria-t-il en postillonnant.

— Isidore, tu es déjà allé à la mer ? lui demanda Mathilde avec sérieux.

— Oui, il y a longtemps, répondit l'intéressé. J'y ai été avec mes deux frères.

— Tu as un autre frère ? lui demandai-je.

— Claude, mais il ne vit pas ici, il est à Chartres.

— Et la mer ? insista Mathilde.

— Quoi la mer ?

— Il faut combien de temps pour s'y rendre ?

— Je ne m'en souviens plus.

La mer avait une signification essentielle pour Mathilde. C'était le chemin tout tracé pour rejoindre Londres. La jeune femme changea de conversation.

— Tu as donc deux frères ?

— Oui. C'est moi le plus jeune.

Isidore nous parla de sa famille, de ses parents

qui vivaient au Mans et de son frère Claude. Il décrivit ce dernier comme un artiste talentueux, doué pour la peinture, la calligraphie et les enluminures. Il était devenu maître verrier dans une ville réputée pour la qualité de ses vitraux et son savoir-faire ancestral. Isidore avait peut-être quelques difficultés intellectuelles mais ce n'était pas un imbécile. Sa sensibilité et sa curiosité lui permettaient d'avoir accès à bien des sujets. Il trouva des feuilles de papier dont le verso n'avait pas été utilisé et il crayonna au fusain le portrait de Benoît. La vitesse avec laquelle il accomplit son œuvre nous laissa sans voix. Le résultat était époustouflant.

— C'est... c'est magnifique! lui dis-je alors. C'est Benoît tout craché!

Le réalisme était tel que le regard amusé de Benoît était figé avec une troublante exactitude sur la feuille de papier. Le dessin nous déclencha un fou rire. Isidore nous révélait un talent incontestable. Son innocence avait un mérite certain : elle rendait sa joie contagieuse. Grâce à lui, nous réussîmes à oublier un peu la guerre et ses soucis. Comme nous n'avions pas fini le gâteau et qu'il manquait singulièrement de sucre, Isidore nous dégota une spécialité de chez lui : le pommé sarthois. C'était une sorte de confiture à base de pommes et de cidre. Gâteau et confiture en ces temps de privations en tout genre, l'instant était privilégié! Les heures passèrent jusqu'au moment où Isidore entendit quelqu'un ouvrir la porte d'entrée.

— Mon frère!

Il s'empressa de gagner le couloir. Il ne s'était pas trompé. Le père Favier entra sans un mot et son frère l'accueillit les bras ouverts. Nous revîmes alors le visage de celui qui avait pris le risque de nous venir en aide. La plaie de son arcade sourcilière commençait tout juste à cicatriser, mais son œil était encore empourpré. Isidore souriait, se fichant éperdument du visage tuméfié de son frère, une seule chose comptait pour lui : le voir vivant. Mathilde, Benoît et moi étions plutôt mal à l'aise. Cet homme avait été frappé parce qu'il avait choisi d'aider son prochain, alors qu'il ne nous connaissait pour ainsi dire pas. Mathilde brisa la glace la première :

— Merci, mon Père. Merci...

Isidore s'agitait autour de lui, veillant à son confort, à son bien-être. Il alla lui préparer un café, ou du moins ce qui en avait l'apparence. Le prêtre, manifestement habitué à tant d'égards, n'y prêta guère attention. Il s'installa dans l'un des fauteuils du salon et prit un air étonné :

— Pourquoi les volets sont-ils fermés?

Mathilde lui expliqua la façon dont nous nous cachions depuis son départ. Il n'eut aucun mal à comprendre.

Mathilde avait certainement envie de lui poser des questions sur ce qu'il venait de vivre à Mamers. Mais nous ressentions une certaine pudeur, et son silence nous poussait à la discrétion. Finalement, ce fut lui qui poursuivit la conversation :

— Je vais dire aux habitants de La Fresnaye que je suis malade. Cela évitera que des paroissiens ne viennent ici et ne découvrent votre présence.

Il s'installa à son secrétaire et écrivit ces mots sur un papier de qualité médiocre : « Suis en repos pour raison de maladie. Pour toute urgence, merci de vous adresser au père Bujeau de la paroisse de Louzes. » Et il présenta le document à son frère :

— Tu veux bien l'accrocher à la porte?

Isidore obéit avec une promptitude exagérée et réapparut dans la minute. Le père Favier se leva et prit un chapelet au fond d'un tiroir. Il s'assit et ferma les yeux tout en faisant glisser les perles entre ses doigts. Il psalmodiait des mots dont nous ne comprenions pas la moitié. Par pudeur encore, nous le laissâmes en paix avec ses prières. Plus tard, nous lui expliquâmes dans quelles conditions le colonel Harrington avait dû partir. Le prêtre n'émit pas de commentaire et ne posa aucune question. Il chercha seulement à savoir quelles avaient été nos vies jusqu'à ce jour. Au fur et à mesure de notre conversation, nous constations qu'il présentait des qualités d'écoute certaines, parlait peu et ne jugeait jamais.

— Je vous ai vue chanter, dit-il à Mathilde. C'était à Notre-Dame de Paris, en 1937, je crois.

— En 1938, corrigea-t-elle poliment. Oui, j'en garde un très bon souvenir.

— Quand la guerre sera terminée, fit-il d'un air rêveur, vous pourriez venir chanter dans mon église. J'en serais très flatté.

— Je viendrai, acquiesça-t-elle avec modestie. C'est promis !

Elle tourna la tête vers moi et ajouta :

— Jacques m'accompagnera à la voix. S'il

travaille ses vocalises, il pourrait bien devenir un grand chanteur. Quant à Benoît, c'est déjà un excellent pianiste.

— Quel beau trio! complimenta le curé. Vous verrez, vous ferez le tour du monde ensemble!

— Que Dieu vous entende, rit Mathilde.

Le prêtre changea de ton :

— Je sais que ce n'est pas le plus grave, mais dans l'espoir que tout cela sera terminé un jour, l'idée que ces enfants ratent des années de scolarité me chagrine. Je ne sais pas combien de temps vous resterez ici, poursuivit-il en nous observant, mais je compte bien ne pas vous laisser dans l'ignorance. Nous étudierons ensemble, le français et les mathématiques.

Isidore fanfaronna :

— Mon frère, c'était le meilleur à l'école! Il a toujours été premier.

— Tu ne peux pas en dire autant!

— Comment ça?

— Tu t'exerceras ce soir à la lecture de la Bible, cela ne te fera pas de mal...

Vexé, Isidore se tut et Benoît prit part à la conversation :

— On voudrait surtout aller en Angleterre !

— En Angleterre ? Je crois que vous devez tout d'abord vous faire oublier. Jusqu'à maintenant, vous avez eu de la chance. Les Allemands à Mamers n'ont pas été tendres avec moi. Mais ils m'ont laissé la vie sauve et la liberté. J'ai cru comprendre qu'ils vous croyaient ailleurs, du côté d'Alençon. C'est encore une chance pour vous qu'ils se soient éloignés d'ici. Non, je pense qu'il faut que vous restiez dans ce village le plus longtemps possible. Et quand nous serons sûrs que les Allemands vous auront oubliés, alors nous envisagerons votre départ.

— Pour l'Angleterre ? s'entêta Benoît.

— Pour ailleurs !

— Je ne comprends pas, gémit Benoît, si les Allemands sont partis, on peut...

— Vous ne pouvez rien du tout ! souffla le prêtre. C'est le père Juret, de la paroisse de Mamers, qui m'a ramené ici, après mon interrogatoire. Nous avons fait quelques kilomètres dans sa Juvaquatre. S'il est vrai que les Allemands ne sont plus dans les villages, en revanche, ils sont bien présents sur les routes communales. Et pas seulement du côté d'Alençon ! Ils ont fouillé la voiture du père Juret, et ils ne plaisantaient pas. Non... Je crois que pour l'instant, il est impossible pour vous de quitter La Fresnaye-sur-Chédouet.

Quelqu'un frappa bruyamment à la porte d'entrée. Tout le monde sursauta. Le prêtre garda son calme mais nous fit signe de ne pas bouger. Les coups reprirent.

— Va vite voir au grenier, ordonna Mathilde à Benoît.

Il revint très vite et dit :

— C'est une dame, elle est toute seule, pas d'Allemands !

— Va voir, lança le curé à Isidore d'une voix ronchonne. C'est certainement madame Blanchoin. Elle ne sait pas lire ou quoi ? J'ai dit que j'étais malade. Restez dans le salon, je vais la recevoir dans la cuisine...

Quelques secondes plus tard, nous entendîmes une voix de femme qui s'exprimait avec hésitation :

— Euh... Je suis désolée monsieur le curé.

— Je vous écoute madame Blanchoin.

— Nous savons tous dans le village ce qui vient de vous arriver. Nous sommes très contents que les

Allemands vous aient libéré. Vraiment très soulagés...

— Merci. Qu'est-ce qui vous arrive ?

— C'est mon mari.

— Ça ne va pas mieux ?

— Non, monsieur le curé. Le médecin est venu hier soir, et cette fois-ci, il a dit que mon Hector, il n'en avait plus pour très longtemps. Quelques jours, au mieux.

— Je vois.

— C'est pour sa sépulture...

— J'avais bien compris. C'est la troisième fois en un an que vous m'en parlez et que vous me dites que votre mari va mourir. Mais je vous l'ai dit cent fois, madame Blanchoin, c'est au père Bujeau de s'en occuper. Hector est né à Louzes, et s'il veut être enterré, ce sera au père Bujeau d'effectuer la sépulture. Pas à moi.

Il y eut un silence et le prêtre enchaîna sur un ton plus neutre :

— De plus, vous savez que je suis malade, et j'ai peur de ne pas être bien efficace.

— Oui, oui, je sais que vous êtes malade, monsieur le curé. Je sais. C'est que... Mon Hector, il vous a toujours beaucoup apprécié et il vous a connu enfant, quand il était instituteur...

— Oui, je sais. Et je sais aussi qu'il n'a jamais aimé le père Bujeau.

— Il voudrait...

— J'ai compris, madame Blanchoin. Il veut être enterré par moi, avec une célébration dans mon église mais être inhumé à Louzes. Je préfère ne rien vous promettre pour l'instant, mais je vais y réfléchir. D'accord ?

La voix se fit plus exaltée :

— Merci ! Merci monsieur le curé.

— Allons, ne vous inquiétez pas, madame Blanchoin. Et puis votre mari, il n'est pas encore mort !

Nous entendîmes leurs pas qui résonnaient dans le couloir.

— C'est vrai, pleurnicha la femme, vous avez raison. Mais pour qu'il s'en sorte, il faudrait un miracle !

— Mmm... vous vous souvenez de ce qu'a dit saint Jean de la Croix au sujet des miracles ?

— Euh...

— « Mieux vaut souffrir Dieu que faire des

miracles. » Allez madame Blanchoin, réfléchissons à tout cela.

Ils se saluèrent, et la porte se referma derrière elle.

— Seigneur! implora le prêtre, à force de voir son mari mort, elle finira bien par le tuer!

Cette phrase nous fit tous éclater de rire.

Et nous apprîmes à découvrir au fil des jours qui suivirent la personnalité de cet homme. D'esprit farceur, le père Favier connaissait des choses étonnantes : des tours de magie, des histoires drôles et surtout, il nous racontait la plupart des épisodes de la vie de Jésus à la manière d'un conteur. Il nous détailla aussi ce que fut l'existence des parents du prophète, nous expliqua la vie apostolique en Galilée, où Jésus s'entoura de ses premiers disciples. Il aborda la Pâque, quand Jésus se rendit à Jérusalem. La tension atteint son paroxysme ce jour-là. Puis il nous raconta l'arrestation, la condamnation et la crucifixion par l'autorité romaine d'occupation.

Le curé y mettait le ton, illustrait son discours de petites anecdotes, et n'hésitait pas à modifier sa voix en fonction de l'apôtre qui prenait la parole. Mais ce que je retins surtout de l'histoire de Jésus, cet homme considéré comme un saint et dont le nom était la cause de bien des maux, c'était qu'il était avant tout un pourchassé. Autant que nous l'étions, Mathilde, Benoît, le colonel Harrington et moi.

Le père Favier vivait sereinement notre cohabitation et nous comprîmes que notre présence était tout aussi salutaire pour lui-même que pour nous. Notre quotidien se déroulait du mieux possible.

Jusqu'au jour où Benoît commença à trouver les lieux trop exigus. Cette maison était une prison, et il aspirait à de nouvelles découvertes. Je connaissais son besoin d'espace et de liberté, lui qui aimait la pêche et la nature par-dessus tout. Nous savions que la maison comportait une seconde porte, et qu'elle ne donnait pas sur une rue, contrairement à la porte principale. Elle révélait un petit bout de jardin encadré de murs de briques. Benoît l'escalada et revint confiant :

— De l'autre côté, il y a des champs. Plein de champs. Mais je crois que plus loin, il y a un chemin.

— Pas de maison ? lui demandai-je.

— Pas une seule !

— Il n'y a donc rien à craindre ?

— Rien !

— Peut-être bien qu'il y a un lac là-bas.

— Tu te souviens de ce qu'a dit le père Favier ? Il y a une rivière, pas loin : la Sarthe.

— C'est que...

— On pourrait y aller ?

— Un autre jour, peut-être...

— Demain ?

— Oui, c'est ça, demain...

— Bon, c'est entendu, alors demain, nous irons voir la Sarthe !

IX

Les champs s'étendaient sous nos yeux en d'immenses carrés de terre brune. Nus, figés par le givre, ils ne deviendraient féconds qu'au printemps. En attendant, ces immenses terrains n'étaient visités que par les corbeaux railleurs et nous, ce jour-là.

— Tu viens? grogna Benoît qui me voyait à la traîne.

— Oui, j'arrive...

Je marchais à quelques pas derrière lui sur une terre aussi dure que de la roche. Nous n'étions que tous les deux. Au loin, pas un arbre, seulement des poteaux électriques en ligne continue. C'était une après-midi ordinaire, par un jour triste, le monde immobile sous un ciel plombé et inlassablement figé. Mathilde et le père Favier étaient restés au chaud, ignorant notre petite escapade, pensant à tort que nous étions dans le grenier.

— On ne va pas rester longtemps ici, fit Benoît qui voulait me rassurer. Juste le temps d'aller voir cette rivière, et après, on rentre.

Je le voyais se délecter de cette promenade interdite. Il n'y avait pas âme qui vive et nous pouvions à loisir courir, crier, chanter sans être vus, ni entendus. Les murs du village s'éloignaient derrière nous. Nous étions libres.

— Viens voir, s'excita Benoît, je suis sûr que la rivière n'est pas loin !

Mais nous étions en fait à plusieurs kilomètres encore de la Sarthe. Lorsqu'enfin nous découvrîmes cette rivière au tempérament fougueux, je fus saisi par le bonheur de la voir pour la première fois. Cela m'en rappela les joies d'une autre : le Thouet. À Saint-Hilaire-Saint-Florent, où le chai de mon père était installé, s'écoulait une rivière semblable, qui offrait à la belle saison tous les plaisirs de la pêche et des pique-niques ombragés. Face à nous, la Sarthe se cachait sous un épais manteau de brume. Sur la rive opposée, elle semblait vouloir s'étendre aux plaines voisines, le débit vif, et l'eau scintillante.

— C'est beau ! s'extasia Benoît. Tu crois qu'il y a du poisson ?

— Peut-être, comment savoir ?

— Regarde, il y a un pont !

— Hé, des lapins ! Regarde, des lapins !

C'était un petit pont tout en bois aux allures vieillissantes, surveillé par un arbre dépouillé qui paraissait monter la garde depuis son coin de terre. Sans tarder, nous le gagnâmes et nous arrêtâmes en son milieu pour voir de plus près ces tourbillons d'eau que brassait le courant.

— Je crois qu'on ne pourra pas pêcher, fit Benoît en faisant une moue de connaisseur. Il y a beaucoup trop de remous.

— Dommage. Et les lapins ?

— Suis pas chasseur, ni braconnier !

Nous franchîmes le pont pour rejoindre un pré aussi gorgé qu'une éponge. Dès que les lapins nous aperçurent, ils se dressèrent sur leurs pattes et déguerpirent en faisant bondir leurs derrières cotonneux. Il y avait ici une rangée de peupliers qui révélait le tracé d'un chemin. Une colline boisée se détachait à l'arrière-plan. Nous fîmes quelques pas vers les arbres nus, et Benoît attira mon attention :

— Tiens, c'est bizarre, on dirait qu'il y a une voiture là-bas.

Sur le chemin de cailloux, un véhicule militaire était planté là, moteur coupé, et sans occupants visibles.

— C'est une bagnole allemande, dis-je sans certitude.

— Évidemment gros nigaud, ça risque pas d'être anglais !

Benoît m'agaçait particulièrement quand il prenait ses allures de grande personne. Sans me demander mon avis, il fila vers la voiture.

— Il y a peut-être des trucs à l'intérieur, dit-il en jouant les aventuriers.

— On devrait faire gaffe, il y a peut-être des Boches pas loin.

— Et où tu vois du monde, toi ?

Effectivement, les lieux étaient déserts. L'engin était de type léger, avec une roue de secours fixée sur le capot. Malgré le froid, elle était décapotée. Il s'agissait d'une Kübelwagen qui portait les initiales de la Wehrmacht. C'était un véhicule de liaison, rien à voir avec une voiture de prestige comme celles des officiers. Si nous avions pris le temps de vérifier, nous aurions peut-être constaté que le moteur était encore chaud et que les occupants s'en étaient donc éloignés depuis peu.

Benoît fit le tour de l'engin, apparemment très à son aise. J'essayai de l'imiter, en dissimulant mes craintes autant que je le pouvais. L'idée d'approcher une voiture allemande me faisait plutôt peur.

— On dirait qu'elle a été abandonnée.

— Non, regarde, observai-je, le pneu est crevé!

L'une des roues arrière était à plat et le véhicule penchait du côté en question. Je remarquai alors :

— La roue de secours aussi est dégonflée.

— Les Boches sont sûrement partis chercher de l'aide au village.

Benoît ouvrit la portière et s'installa à l'avant. Je ne pus lui cacher mes craintes :

— Arrête! Tu devrais descendre, les Chleuhs pourraient bien nous tomber dessus.

Il ne m'écouta pas et commença à farfouiller un peu partout. Il passa sa main entre les sièges et s'exclama :

— Un couteau!

— Touche pas à ça!

— Tu rigoles? Je vais le garder, on pourrait en avoir besoin.

— Non, tu ne te rends pas compte, si les Allemands trouvent ça sur nous...

Il ouvrit la boîte à gants et retira toutes sortes d'objets dont l'usage nous était inconnu. Il sortit une carte d'état-major. Je ne compris pas tout de suite :

— C'est quoi ?

— Un plan.

Il était plié de façon à présenter un secteur géographique précis, certainement celui qui intéressait l'un des passagers de cette voiture. Benoît l'observa attentivement.

— Tiens, il y a le nom de La Fresnaye-sur-Chédouet, et les autres villages du coin. Regarde, c'est quoi ces petites croix sur les routes ?

— Ce plan a certainement une importance stratégique pour les Chleuhs.

— Bonne raison pour le garder.

Je soupirai.

— Tu ne peux pas le garder, c'est trop dangereux.

— Tu veux que je te dise ? Je crois que les petites croix représentent les postes de contrôle. Si c'est le cas, ce truc pourrait bien nous être utile...

— Allez, descends de la voiture maintenant!

Toujours aussi à l'aise, Benoît ouvrit la portière et sauta de l'engin. Il glissa la carte sous son tricot. Dans sa main, il tenait le couteau.

— Je vais faire une petite blague à nos amis allemands.

— Tu ne vas tout de même pas...

Il assena un coup de lame à un premier pneu, la voiture s'affaissa d'un coup.

— En voici un!

Il s'approcha d'un deuxième pneu et lui prodigua le même sort.

— En voici deux!

Et avec une euphorie de dément, il acheva le dernier :

— Et le troisième!

J'étais consterné. Il semblait content de lui. Je fixai les alentours pris de panique, afin de m'assurer qu'il n'y avait personne.

— Mais tu es fou, ou quoi?

Il me regarda avec ses grands airs de seigneur outragé et je poursuivis :

— Tirons-nous, avant que quelqu'un ne nous tombe dessus!

Il articula avec froideur :

— T'es vraiment un gros trouillard !

— Un gros trouillard ?

— Ouais. Un gros, gros trouillard.

— Et toi, t'es un gros, gros crâneur, qui croit tout savoir et qui se prend pour le chef.

— Ouais, pour le chef !

La tension entre nous montait inéluctablement. Il fallait désamorcer la situation avant qu'elle n'atteigne un point de non-retour. Je connaissais Benoît et le savais capable de tout, surtout quand il s'agissait de prouver qu'il était le meilleur. Une seule chose comptait pour moi : quitter les lieux sans tarder. Accaparé par notre conflit, il ne comprit pas immédiatement que le sifflement qui venait de retentir à peu de distance de nous était en fait une balle provenant d'une arme à feu. Je me jetai aussitôt à terre en hurlant :

— Planque-toi, bon Dieu, ils nous tirent dessus !

Abrité sous la voiture, les mains derrière la tête, je ne pus que constater que Benoît n'avait toujours pas compris ce qu'il se passait. Ce n'est que lorsqu'une deuxième salve de balles lui siffla aux oreilles, qu'il se rua au sol, non sans craindre le pire :

— Bon sang, qu'est-ce qui se passe ?

Les coups de feu cessèrent. À l'évidence, nous tournions le dos au tireur. Très certainement était-il en poste de tir sur la colline. Je tournai la tête et découvris les silhouettes de trois Allemands qui descendaient vers nous à grandes enjambées. L'un tenait une roue de voiture, l'autre courait en notre direction un fusil à la main, tandis que le troisième, un petit rondouillard à la traîne, suivait en râlant. Quand Benoît m'eut rejoint sous la voiture, je lançai :

— Tirons-nous, vite !

— *Hände hoch !* cria le gros Allemand à casquette plate.

Mais une fois que nous fûmes de nouveau à découvert, les tirs reprirent de plus belle. Et des balles firent voler des éclats de terre à hauteur de nos pieds. Aussitôt, nous nous arrêtâmes de courir et levâmes les mains en l'air.

— Ne tirez pas ! cria Benoît.

Les deux soldats coiffés d'un calot nous

rattrapèrent et se postèrent devant nous. Le plus grand nous agrippa par le col et nous malmena quelques secondes. Le gros soldat à casquette plate arriva, le visage couvert de sueur. Furieux, il sortit un mouchoir de sa poche et s'épongea. En nous hurlant dessus, il projetait son haleine fétide sur nos visages. Sans plus attendre, ils nous contraignirent à les suivre et nous nous mîmes à marcher vers la colline. Tout le temps que dura notre progression, le sous-officier allemand continua à nous houspiller. Nous étions penauds, effrayés. Au faîte de la colline, nous fûmes surpris par ce que nous découvrîmes de l'autre côté. Invisible depuis la voiture, nous ne pouvions imaginer qu'ici se dissimulait une activité militaire importante. Une centaine de soldats attendaient aux côtés de véhicules, mitrailleuses lourdes, canons et chars. Je compris alors qu'il ne s'agissait pas d'un campement, mais d'une halte proposée ici aux troupes à pied. Par malchance, autant que par imprudence, nous nous étions retrouvés ici, au mauvais endroit, au mauvais moment.

Dans l'indifférence générale de l'ensemble de soldats nos trois geôliers nous conduisirent auprès d'un supérieur. Il était à côté de sa voiture et parlait avec un officier qui devait être son aide de camp. Tous étaient de la Wehrmacht. Pas un n'affichait sur la patte de collet les runes *SS*, ce qui était presque rassurant. L'officier supérieur avait des allures aristocratiques et portait l'uniforme avec une certaine élégance. Très vite, le gros sous-officier s'empressa de l'informer de la situation. Nous n'entendîmes pas leur conversation, mais le sous-officier brailla au terme de celle-ci :

— *Jawohl Herr Oberst!*

Nous avions affaire à un colonel. L'ordre fut donné de nous rapprocher de lui afin de l'entendre. Il avait les cheveux blancs coupés court et un visage tranquille. Appuyé dos à la portière, il présentait une allure détendue. Il porta une cigarette à ses lèvres et prit son temps avant de demander :

— Pourquoi avoir crevé les pneus de la voiture de l'*Unteroffizier* Schmidt?

Nous ne répondîmes pas.

— Allons, je vous écoute…

À côté de moi, Benoît demeurait tête baissée. Après un long silence, il finit par lâcher :

— On pensait qu'elle était abandonnée.

— Abandonnée? Sachez, enfants français, que l'Allemagne n'abandonne jamais!

L'épaule de Benoît touchait la mienne, et je crois qu'il tremblait.

— Pardon monsieur, dis-je alors d'une petite voix. Nous regrettons.

— Où sont vos parents?

Je répondis :

— À côté, dans le village de Louzes. Et ce garçon est mon frère.

— Je vois. Donnez-moi une bonne raison de ne pas vous fusiller?

À cet instant, nous entendîmes les moteurs des chars démarrer les uns après les autres. Les soldats se mirent en mouvement, récupérèrent fusils et matériels, puis formèrent des rangs de marche. Quelques secondes plus tôt, les troupes avaient dû recevoir l'ordre de quitter les lieux.

— J'attends! insista l'officier, alors?

— Nous ne voulons pas mourir, supplia Benoît. C'est moi qui ai crevé les pneus. Pardon...

— C'est courageux de reconnaître ta faute. Mais sais-tu que le sabotage est un acte très grave?

Son chauffeur démarra l'auto puis vint lui ouvrir

la portière, lui suggérant de ce fait qu'il était temps de s'en aller.

— Partons, souffla le colonel, débrouillez-vous avec l'*Unteroffizier* Schmidt. Il jugera lui-même ce qu'il doit faire de vous. Après tout, ce sont les pneus de sa voiture...

Il s'installa à l'arrière de sa Mercedes sans un mot de plus. Le sous-officier sembla ravi qu'on lui octroie de la sorte l'entière liberté de décider de notre sort. La voiture s'éloigna. Les trois sbires nous poussèrent en avant, et nous nous mîmes en route. Le gros sous-officier reprit un monologue tumultueux rythmé de jurons germaniques. Autour de nous, l'agitation et le va-et-vient provoqués par le départ des troupes se firent de plus en plus intenses. Dans quelques instants, il n'y aurait plus personne en ces lieux.

— *Schnell! Schnell!* vociférait le rondouillard.

C'était à croire que les Allemands n'avaient que ce mot-là à la bouche. Benoît marchait d'un pas peu assuré, comme une poupée de chiffon aux jambes désarticulées. Tous les deux, nous avions peine à avancer. Les deux brutes nous martelaient de coups, manquant à chaque instant de nous faire tomber.

Mais où nous conduisaient-ils ? De toute évidence, de l'autre côté de la colline. Nous nous rapprochions ainsi de la Sarthe et du chemin de cailloux qui la longeait ; là où les poteaux électriques se suivaient en file indienne. Nous échappions ainsi à la vue du reste des troupes, qui filaient de l'autre côté, vers le nord.

Benoît me décocha un regard qui trahissait toute la peur qu'il ressentait en cet instant. J'étais aussi terrorisé que lui. Sur une butte, un poteau dominait la rivière. Comme si la chose avait été convenue, les deux soldats nous y attachèrent. Le gros sous-officier transpirait toujours et s'épongeait régulièrement le visage. Mais en regardant ses deux subalternes nous ligoter les mains, sa voix se fit moins forte, et le débit plus lent. Il sentait déjà l'exutoire de sa vengeance prendre le dessus sur sa colère. Il s'épongea une fois de plus et finit par se taire. Pour lui, nos existences ne seraient bientôt plus qu'un mauvais souvenir. Mais c'était sans compter sur Benoît qui, refusant l'affreux dénouement, commençait à se débattre et à gesticuler en poussant des cris.

– *Halt's Maul!*

D'un coup, ses liens cassèrent et ses mains se

retrouvèrent libres. Aussitôt, les deux soldats se jetèrent sur lui. Le gros sous-officier se remit à crier mais cette fois à l'adresse de ses hommes auxquels il devait reprocher leur incompétence. Déconcertés, ils montrèrent à leur supérieur qu'ils ne comprenaient pas pourquoi les liens avaient cédé. Je vis Benoît projeté à terre, un soldat lui bloqua le dos avec le pied. Il s'agissait du sous-officier qui parlait et parlait encore... Il sortit un pistolet de son étui de ceinturon et approcha le canon de la tête de Benoît. Quelques secondes de silence, et un clic retentit.

— *Scheiße!*

Je le vis s'exciter contre son pistolet enrayé, tempêtant de plus belle, tel un enfant capricieux. De nouveau le silence, puis un second clic.

– *Verdammte Pistole!*

Il attrapa un fusil. Les trois hommes se rapprochèrent de nous, formant un cercle infranchissable. Soudain, le corps massif du sous-officier s'inclina et il tomba d'un coup. Son visage plaqué contre la terre, je vis ses yeux fermés et du sang couler de son crâne. La grosse pierre qui venait de l'atteindre s'arrêta de rouler à côté de sa main. Surpris, l'un des deux sbires se retourna pour voir d'où pouvait bien provenir ce projectile. Il reçut un vilain coup à la tête et s'effondra à son tour. Au même instant, le second fut frappé à la nuque, sans qu'il ait eu le temps d'ajuster son arme. Les trois hommes gisaient à terre, inconscients.

Une main m'empoigna sous le bras :

— Levez-vous ! s'écria Mathilde, dépêchons, vite, il faut partir !

Elle n'était pas seule, Isidore l'accompagnait. Tous les deux laissèrent choir le bâton qui venait de leur servir.

— Courons ! fit Mathilde.

Nous ne nous fîmes pas prier.

Par chance, le petit pont de bois par lequel nous étions arrivés n'était qu'à une très courte distance. Nous le rejoignîmes à la hâte et le franchîmes sans difficulté. Jusqu'au moment où des tirs se firent entendre. Quelqu'un nous prenait en chasse. Derrière nous, le sous-officier allemand se tenait debout, titubant sur le pont, un fusil en main. Le bonhomme avait l'air mal en point – la blessure à la tête n'était pas bénigne – et ses bras comme son corps tremblaient sous l'effet de la douleur. Son tir était hasardeux. Il avait du mal à viser et, par miracle, les balles ne nous atteignirent pas.

— À terre! cria Mathilde.

La jeune femme dégaina le pistolet du colonel Harrington qu'elle gardait en permanence sur elle. L'Allemand ne s'était visiblement pas attendu à subir une riposte armée. Sa position à découvert en faisait une cible facile. Il reçut une balle à l'épaule, et la douleur fut telle qu'il accusa un mouvement de recul. La rambarde du pont céda sous le poids du colosse. Vieux et usé, le bois se brisa d'un coup. Le soldat perdit l'équilibre et poussa un cri. Sa masse bascula du côté fatidique malgré les efforts qu'il fit pour ne pas perdre l'équilibre. Une expression de terreur figea son regard. Happé par l'eau en crue de la Sarthe, son corps fut englouti sans délai. Nous vîmes remonter des eaux tumultueuses un bras ou une jambe que la vitesse du courant emportait comme pour nous en débarrasser au plus vite.

Mathilde se serait bien volontiers passée d'éliminer ce soldat. Elle savait que les conséquences de cette disparition seraient fâcheuses, et que l'armée allemande allait être mise une nouvelle fois en état d'alerte.

X

Le père Favier ouvrit machinalement la porte de derrière. Quand il leva les yeux sur nous, l'inquiétude apparut tout de suite sur son visage :

— Que s'est-il passé ? Qu'est-ce qui vous est arrivé ?

À la simple vue de nos mines défaites, il avait compris que quelque chose de grave venait de se produire.

— Venez vous asseoir dans la cuisine, dit-il devant notre silence.

Il tira des chaises et nous nous installâmes sans un mot. L'homme d'Église attendit patiemment que l'un de nous se décide à parler. Mathilde le fixa soudain droit dans les yeux, et il comprit d'emblée qu'elle allait lui annoncer une chose terrible.

— Mon Père... j'ai tué un Allemand.

— Seigneur !

— Il allait assassiner les petits, je n'ai pas eu le choix. Ce n'est pourtant pas là le vrai problème.

Il écouta :

— Les Allemands vont revenir au village, c'est certain. Ils vont faire le rapprochement entre les personnes qui étaient dans l'avion et celles qui ont tué le soldat. Cette fois, nous n'y échapperons pas.

— Mon Dieu !...

Elle baissa la tête et passa ses mains tremblantes sur son visage. Sa respiration était haletante. Benoît et moi gardions le front bas, Isidore se tenait debout près de l'évier et ne manifestait aucune envie de participer à la conversation. Il se contentait d'écouter.

— Il faut que vous quittiez le village, lança le prêtre, et sans tarder !

Mathilde haussa les épaules :

— Et pour aller où ?

— Il faut y réfléchir, tous ensemble !

D'un coup, Benoît éclata en sanglots et cacha son visage derrière ses mains :

— Pardon ! Je vous demande pardon. Tout ça, c'est de ma faute !

Mathilde ne releva pas, préférant changer de conversation :

— Il faut retourner dans la cave. Dans une heure ou deux, les Allemands seront partout, et plus que jamais ils voudront nous trouver.

— Vous avez raison, approuva le prêtre, allez vous cacher !

Nous nous levâmes tous en même temps de nos chaises. Soudain, quelqu'un frappa à la porte d'entrée. Nous nous figeâmes alors telles des poupées de cire, échangeant des coups d'œil fébriles sans bouger, ni souffler le moindre mot. Le curé s'en alla dans le couloir.

— Oui ? J'arrive !

Il ouvrit la porte, une voix de femme :

— Monsieur le curé...

— Ah ! c'est vous madame Blanchoin...

— Oui, monsieur le curé...

— Ça n'a pas l'air d'aller madame Blanchoin ?

— Non, mon mari est mort !

Nous l'entendîmes d'un coup fondre en larmes. La malheureuse parvint à articuler malgré sa peine :

— Mon Dieu ! Mon Hector est mort...

— Que le Seigneur l'accueille à ses côtés, déclara

le prêtre sur un ton apaisant... Voulez-vous entrer, madame Blanchoin ?

— Non merci, monsieur le curé. Je dois aller prévenir tous ceux du village.

— Je comprends.

— Toutefois, je voulais vous demander, pour votre frère Isidore, vu que c'est lui le fossoyeur à La Fresnaye...

— Je vais le prévenir, comptez sur moi.

— Et pour la sépulture ?

— Je m'en occuperai moi-même, c'est promis. Revenez me voir après-demain, nous en rediscuterons.

— C'est très bien. Merci, mon Père.

— Je vous en prie.

Il revint dans la cuisine et dit :

— Allez ! Filez vite dans la cave !

Mais une idée soudaine me fit hésiter d'un coup. Je déclarai alors :

— Eh ! Je viens de me rappeler quelque chose...

Je regardai Benoît pour le prendre à témoin.

— Benoît, tu te souviens que le colonel allemand m'a demandé où nous habitions ?

— Oui, et je me souviens de ce que tu lui as répondu.

Je regardai alors Mathilde, espérant la rassurer un tout petit peu :

— Avant que tu n'arrives, nous avons été interrogés par un officier allemand, un colonel de la Wehrmacht.

— Et alors ?

— Je lui ai dit que l'on était du village de Louzes.

— C'est tout à côté d'ici, précisa le prêtre.

— Vous croyez que ça suffira à les convaincre ? l'interrogea Mathilde.

— Comment voulez-vous que je le sache ?

Benoît aussi avait quelque chose d'important à dire. Il se garda toutefois de prendre la parole. Il préféra soulever son tricot et retira le document qu'il avait caché dessous. Il le posa sur la table, bien à la vue de tous.

— Qu'est-ce que c'est ? lui demanda Mathilde.

Encore honteux des événements dont il se sentait fautif, il garda le silence. Je répondis à sa place :

— C'est une carte où sont mentionnés les points de contrôle allemands sur le secteur.

Le prêtre qui s'était emparé du document ajouta sans le quitter des yeux :

— Ça m'a l'air d'être ça, en effet.

Il releva les yeux sur Mathilde.

— Je vais étudier tout ça. En attendant, allez dans la cave et ne perdez pas de temps.

La jeune femme acquiesça.

— Toi aussi Isidore, ordonna le prêtre. On ne sait jamais.

Nous retrouvâmes avec réticence la cave dans laquelle nous nous étions réfugiés à notre arrivée chez le père Favier. Cependant, ce que nous redoutions le plus n'arriva pas : aucun escadron de SS ne débarqua au petit matin pour nous cueillir.

— Tu crois qu'ils nous ont oubliés? demandai-je à Mathilde.

— Ça me paraît impossible, peut-être ont-ils décidé de régler le problème autrement.

Au deuxième jour, notre angoisse légèrement retombée, nous nous aventurâmes dans la cuisine afin d'échanger quelques propos avec le curé. Soudain, quelqu'un tambourina à la porte. Tandis que nous échangions des regards anxieux, le père Favier nous rassura, disant qu'il s'agissait sans doute de la visite annoncée de madame Blanchoin. Il sortit de la pièce, pressant le pas.

— J'arrive, madame Blanchoin.

Quand il ouvrit la porte, une mauvaise surprise l'attendait.

— Bonjour monsieur le curé !

Il ne répondit pas. Deux militaires allemands se tenaient devant lui, leur voiture était stationnée en travers du trottoir, portières ouvertes.

— Que puis-je faire pour vous, messieurs ? demanda-t-il avec un air faussement détaché.

— Des Résistants ont tué Allemand. Nous voulons que vous l'enterrer.

— Enterrer ?

— *Ja !*

— C'est que, j'ai déjà une sépulture de prévue pour demain et je ne vais pas...

— Où peut-on mettre corps ?

— Le corps, quel corps ?

— Le corps du sous-officier allemand.

— Mais ?...

Le père Favier n'avait pas tout de suite remarqué le camion garé de l'autre côté de la rue et encore moins le cercueil qui s'y trouvait. Quand il vit le véhicule, le ton de sa voix se fit plus ferme :

— Nous avons un problème, messieurs. Je ne peux pas inhumer votre soldat. C'est impossible!

— Pourquoi? Vous n'aimez pas chrétiens allemands?

— Si, si, mais... il n'y a plus de place dans le cimetière communal. Je n'ai pas la possibilité non plus d'enterrer votre homme sur une autre commune, car cela dépend de...

L'un des deux soldats pesta et le prêtre se tut. L'Allemand prit le dossier à sangle qu'il portait sous son bras, et en sortit une feuille de papier.

— Ceci est ordre d'enterrer homme à nous!

— Bien, souffla le prêtre en prenant le document. Puisqu'il en est ainsi.

— *Heil Hitler!* brayèrent d'un coup les deux officiers.

Ils regagnèrent leur voiture avec autant d'empressement que s'ils en avaient reçu l'ordre du Führer lui-même. Le prêtre resta sur le pas de la porte encore tout étourdi par la nouvelle.

Il appela :

— Isidore!

— Oui ?

Il arriva en courant.

— Tu vois le camion là-bas ? Eh bien, il y a un cercueil à l'arrière...

Isidore connaissait son travail et savait ce qu'il avait à faire. Il alla trouver les soldats qui attendaient dans le camion, tandis que le père Favier retourna dans la cuisine.

— Pas de chance, s'écria Mathilde en le voyant.

— Pourtant ces Allemands ont raison, il est de mon devoir de prêtre d'enterrer cet homme.

Il posa à contrecœur la feuille de papier dans un coin. Benoît y jeta un coup d'œil :

— Vous l'avez lu ? demanda-t-il.

— Quoi donc ? répondit le curé qui avait l'esprit ailleurs.

— Ce document ?

— Je l'ai survolé, oui, pourquoi ?

— Vous parlez donc l'allemand ?

— J'ai passé plusieurs années de mon enfance là-bas, oui. Mais où veux-tu en venir à la fin ?

— Il est écrit que vous avez ordre d'enterrer cet homme avec tous les rites d'usage.

— Je m'en doutais un peu.

— Mais ce document précise autre chose.

Le prêtre prit la feuille de papier et la parcourut dans son intégralité.

— Oui, confirma-t-il. Il est noté que le convoi funéraire est autorisé à passer les postes de contrôle.

— C'est intéressant, lança Mathilde. Avec ce document, vous pouvez vous rendre où vous le souhaitez.

— C'est exact, concéda le prêtre, mais je ne sais pas encore où je vais enterrer cet Allemand...

Mathilde avait tout à coup les yeux qui brillaient :

— Cela ne vous donne pas une idée, mon Père ?

— Je ne vois pas.

— Avec un tel document, nous pourrions très bien nous éloigner du secteur.

— C'est-à-dire ?

— Il y a deux cercueils. Un pour le mari de madame Blanchoin, l'autre pour le soldat.

— Et alors ?

— Si on cache les corps des deux décédés, les cercueils vides pourraient servir à y mettre deux d'entre nous.

— Mais vous êtes trois ?

— Il y a du monde à un enterrement. Je peux très bien suivre à pied, cachée derrière une voilette, tandis que Jacques et Benoît seront dans les cercueils.

— C'est périlleux !

— Périlleux, mais faisable...

— Et après, une fois éloignés d'ici, que ferez-vous ?

— Je n'en sais rien.

— C'est là tout le problème. Il faut trouver quelqu'un qui puisse vous accueillir.

— Et votre frère à Chartres ?

— Claude ?

— Oui.

— Vous seriez prête à aller jusqu'à Chartres ? C'est tout de même à une centaine de kilomètres d'ici. Vous vous imaginez deux cercueils, avec des enfants à l'intérieur ? Et le tout emmené par une carriole à cheval !

— A-t-on vraiment le choix ?

— Et mon frère ? Il faudrait aussi lui demander son avis... Nous sommes déjà deux de la famille à être impliqués dans cette histoire.

— Je ne vois pas d'autre solution...

Il se leva et opina de la tête :

— Cela dit, votre idée mérite que l'on s'y attarde. Il ne faut pas se tromper dans l'exécution du plan. Nous devons penser à tous les détails et parer à toute éventualité. Cependant, la façon dont vont être traitées les dépouilles de ces deux défunts ne me plaît guère.

— Isidore est malin, il trouvera un endroit où les enterrer dignement.

— Vous pensez à la forêt de Perseigne?

— Pourquoi pas!

— Et les derniers sacrements? On n'enterre pas des gens sans quelques prières...

— Nous verrons après. Vous admettrez qu'en de telles circonstances...

Le coup d'œil foudroyant que lui adressa le curé suffit à lui faire regretter ses dernières paroles. La jeune femme s'empressa de poursuivre :

— Je sais, vous pensez à votre paroissienne, madame Blanchoin. Bien sûr, nous ne pouvons pas lui demander son avis...

— J'avais compris. Mais par la suite, elle devra tout de même être informée que son mari n'est pas enterré là où elle croit.

— La guerre finira bien un jour !

— C'est un bien vilain mensonge que vous me proposez là !

— Un pieux mensonge, pour la guerre, pour la Résistance.

— Allons, vous avez oublié ce que j'ai dit à votre colonel. La guerre, ça vous regarde, moi, je suis là pour servir Dieu...

— En aidant notre cause, vous servez la sienne. Croyez-vous vraiment que Dieu puisse être du côté des Allemands ?

— Eh bien...

— Vous verrez que Dieu nous aidera à construire la paix. En donnant raison à des hommes comme vous, il s'emploie à dire non à la barbarie de l'ennemi.

Mathilde appuya son propos en laissant planer un silence. Le prêtre était en proie à un dilemme qui le laissait muet. Après un moment qui nous parut interminable, il déclara :

— Madame Blanchoin est une femme qui a du cœur. Son mari a combattu contre les Allemands en 1914. Si son état de santé le lui avait permis, je suis certain qu'il aurait été dans la Résistance. Je crois que sa veuve comprendra notre choix.

— Alors mon Père, puisque nous sommes d'accord, réglons à présent les détails de cette opération.

— Oui, réglons-les.

XI

C'était un corbillard tiré par des chevaux. Isidore avait la responsabilité de le conduire, comme il en avait l'habitude. Il nous présenta la voiture non sans une certaine fierté car elle était son œuvre. Il l'avait construite avec son cœur et ses mains. Le brave homme recelait des trésors de talents : dessin, sculpture, ébénisterie, il excellait dans bien des domaines. Nous étions devant la voiture, dans la cour intérieure du presbytère, à l'abri des regards indiscrets. Les trois chevaux chargés de la tirer étaient encore à l'écurie, mais on nous avait annoncé qu'ils ne tarderaient pas à arriver.

— On peut y mettre trois cercueils, déclara Isidore avec fierté.

Benoît et moi fîmes le tour de ce moyen de locomotion peu banal. Les rideaux du corbillard étaient noirs et le reste du véhicule était richement orné.

— Et c'est pas tout, s'exclama l'artiste.

Il nous montra les palmiers qui ornaient les angles du corbillard, censés représenter la victoire du Christ sur le péché et la mort. Des anges tenaient une torche dans chaque main et survolaient le paradis. De chaque côté, une femme en deuil portait une couronne de laurier, signe d'éternité.

Isidore nous désigna les deux cercueils déjà placés à l'arrière.

— Ils sont vides, précisa-t-il avec un air amusé. J'y ai fait des trous pour que vous puissiez respirer. Mais on ne voit pas qu'il y a des trous.

Il y en avait un pour moi et un pour Benoît. La perspective de me retrouver ainsi dans un cercueil ne m'enchantait guère. Benoît paraissait guère plus rassuré :

— J'espère qu'on ne va pas rester là-dedans pendant des heures !

Le curé arriva.

— La cérémonie commence dans une heure, précisa-t-il. Le mari de madame Blanchoin est à la veillée. Il y a en tout quatre cercueils. Deux seront cachés pour être plus tard enterrés en forêt, les deux autres iront jusqu'au cimetière.

Le père Favier prit son frère à part et lui fit ses recommandations :

— Surtout, Isidore, sois très prudent. Et très discret. Garde ta casquette bien enfoncée et ne parle à personne. Il ne faut surtout pas que les Allemands te reconnaissent !

— D'accord ! D'accord ! s'exclama Isidore, tout excité par le rôle qu'il allait jouer.

Le père Favier avait revêtu par-dessus son aube sa chasuble violette. Mathilde se tenait à ses côtés, affublée d'une toilette noire de circonstance, plutôt discrète afin d'éviter d'attirer l'attention. Le prêtre nous avait annoncé qu'il y aurait foule. Hector Blanchoin ayant été l'instituteur du village pendant une quarantaine d'années, les Fresnayons viendraient en nombre lui rendre un dernier hommage. Tout le village serait donc au rendez-vous. Mathilde portait un chapeau noir orné d'une voilette qu'elle fit glisser de sa main gantée pour camoufler une partie de son visage.

— Les enfants, dit-elle, il est temps de vous installer dans les cercueils.

— Tout de suite? demandai-je.

— Oui, après, ce ne sera plus possible.

À contrecœur, les visages pâles, nous nous allongeâmes dans les cercueils. Isidore semblait s'en amuser, il pouffa de rire en fermant le couvercle :

— C'est le tien, Benoît, qui est celui de l'Allemand. Je vais mettre un drapeau dessus!

Il déplia un drapeau rouge à croix gammée qu'il disposa en évidence sur le cercueil du prétendu Allemand. La simple vision de cette croix noire, symbole d'une puissance meurtrière inouïe, me fit frissonner. Puis le père Favier referma le mien, non sans un dernier mot pour nous rassurer, même si son visage trahissait sa propre inquiétude :

— Vous verrez, tout va bien se passer!

Nous reconnûmes la voix de Mathilde :

— Quoi qu'il arrive, vous ne devez jamais bouger de ces cercueils. C'est bien compris?

Les minutes passèrent et nous entendîmes le claquement des sabots et les hennissements des bêtes qui s'approchaient au pas. Isidore conduisait les trois chevaux caparaçonnés qu'il attela à la voiture.

Il n'y avait plus personne dans la cour. On ouvrit le portail et Isidore donna un coup de rênes. Les bêtes s'ébrouèrent en avançant. J'entendis le martèlement des sabots résonner de concert avec les grandes roues qui craquaient sur les pavés. La voiture prit de la vitesse. Dans les cercueils, nous étions bringuebalés, le corbillard n'ayant pas été conçu pour le transport des vivants! Le trajet fut court, certainement le temps d'aller jusqu'à l'église. Un seul cercueil fut sorti du corbillard : le mien. Sans qu'un seul mot ne soit prononcé, on me conduisit dans un lieu où les pas des porteurs résonnaient. Je fus très certainement placé au pied de l'autel, sur un catafalque entouré de bougies comme il en était de coutume. Puis ce fut de nouveau le silence, et enfin une voix familière chuchota tout près de moi :

— Jacques, tu m'entends? C'est le père Favier. Nous sommes tous les deux dans l'église. Dans quelques minutes il y aura beaucoup de monde ici, pour la cérémonie. Tu n'as pas à avoir peur, tout va bien se passer.

Je ne pouvais lui répondre. Toutefois, je n'arrivais pas à m'ôter de la tête la crainte qu'on allait m'enterrer vivant. Cette idée suffit à me flanquer une frousse irrépressible. Je commençai à transpirer.

Enfin, la cérémonie débuta. Le prêtre prit la parole et évoqua le Christ, la mort, ce que fut la personnalité de monsieur Blanchoin pour bien des Fresnayons. Les prières raisonnèrent, les paroissiens s'exprimant d'une seule voix lorsque le rite l'exigeait. À les entendre, ils étaient très nombreux et l'église devait être bien remplie. Débuta alors une liturgie, tout en latin, composée d'interminables psaumes. À la fin, les cloches sonnèrent le glas. Le cercueil se mit à bouger, on m'emmenait. Puis à nouveau le corbillard et ses bruits de sabots sur la route du village. On nous avait prévenus : le trajet serait long. Nous ne pouvions pas voir le cortège qui suivait en silence ni si Mathilde était parmi eux. J'imaginais la procession, précédée par la croix récupérée sur le lit du défunt, comme le veut la tradition, et montée sur une hampe portée par un habitant.

Ce ne fut pas au cimetière de La Fresnaye-sur-Chédouet que l'inhumation avait été prévue, mais à Louzes, village voisin, comme l'avait souhaité le défunt. Les deux cercueils étaient l'un à côté de l'autre, presque à se toucher.

— Jacques, Jacques !

C'était la voix de Benoît, il chuchotait à travers les trous.

— Quoi ?

— Tu crois qu'on va nous enterrer vivants ?

— J'en sais rien.

— Il t'a rien dit, le curé ?

— Non. Je sais seulement que mon cercueil va être enterré dans le cimetière de Louzes, mais le tien, je ne sais pas.

— On sort quand ?

— Quand on nous le dira !

— Ça fait deux heures qu'on est là-dedans !

— T'as pas intérêt de bouger, sinon...

— Sinon quoi ?

— Commence pas, hein !

Après une bonne heure de marche, les chevaux se mirent à hennir. Les roues ralentirent et j'entendis des craquements de cailloux sous les cerceaux de métal. Nous roulions au pas sur une allée de falun. La voiture s'immobilisa.

— Que se passe-t-il, pourquoi tu t'arrêtes? s'écria le prêtre à voix haute.

— C'est parce qu'il y a un problème, répondit Isidore.

— Quel genre de problème? Le cortège attend!

— Bah oui, mais on peut pas passer!

J'étais tendu, inquiet. Que se passait-il réellement? Le curé s'adressa à la foule :

— Mesdames et messieurs, nous sommes désolés, mais l'allée du cimetière est trop étroite. La tombe est à deux pas d'ici. Nous allons continuer notre chemin, pendant que le corbillard fait demi-tour et qu'il contourne le cimetière pour emprunter une autre entrée. Avançons, je vous prie.

Je sentis alors le corbillard reculer. Puis il repartit en avant à une vitesse plus soutenue que jusqu'alors. Je compris très vite que personne ne nous suivait à présent. Les habitants devaient parcourir seuls les allées du cimetière pendant que le corbillard en faisait le tour. Les chevaux accélérèrent leur course et passèrent au trot. Pourquoi tant d'empressement? Le trajet fut bref. La voiture s'arrêta et je discernai le bruit d'une personne qui montait à l'arrière, tout près des cercueils. Une main ouvrit les couvercles et nous reconnûmes la tête de ce brave Isidore.

— Faut descendre! s'écria-t-il.

Je me relevai à demi :

— Quoi, qu'est-ce qui se passe?

— C'est comme prévu, faut pas s'inquiéter!

Nous nous étions arrêtés au bord d'un chemin de terre entouré de murs en ruines qui nous rendaient totalement invisibles depuis la route communale. Tout autour s'étendaient des champs à perte de vue. À une dizaine de mètres de nous se dressait un petit bosquet aux arbres fatigués. Benoît et moi descendîmes. À côté du corbillard, deux cercueils étaient posés à même le sol.

— Faut enlever les autres et mettre ceux-là à la place!

Isidore nous fit presser. Nous n'eûmes aucune difficulté à décharger les cercueils vides. En revanche, les deux autres étaient très lourds et l'exercice s'avéra difficile.

— Faut que vous attendiez! s'écria Isidore en remontant dans le corbillard, c'est l'inhumation, j'arrive bientôt.

Il fouetta les chevaux et quitta le chemin. Nous

restâmes aux côtés de nos deux cercueils vides. Il faisait froid et le temps était à la pluie.

Après un très long moment d'attente, Isidore, le père Favier et Mathilde arrivèrent assis à l'avant de la voiture. Le cercueil à croix gammée était toujours là.

— Je vais rester avec vous, s'écria Mathilde en descendant. Les Allemands vont arriver.

Le curé nous précisa alors :

— Nous avons inhumé le mari de madame Blanchoin. Le cimetière est tout à côté, le cortège n'est plus là, mais des officiers allemands vont venir dans quelques minutes pour enterrer leur soldat. Je dois repartir avec Isidore.

Les deux hommes nous laissèrent à nouveau. Mathilde releva la voilette de son chapeau :

— Ça va ?

— Pourquoi vous avez changé d'idée ? questionna aussitôt Benoît.

— C'est le père Favier qui voulait absolument que les corps des défunts soient enterrés dignement. Et puis si les Allemands vérifient que c'est bien leur sous-officier qui est dans le cercueil, ils ne seront pas déçus.

Benoît se rapprocha de Mathilde. Il la serra contre lui avec émotion.

— Mathilde...

Elle nous réconforta, comme à son habitude, avec des gestes éperdus de tendresse.

Derrière un champ, un vrombissement de voiture se mit à résonner dans la campagne, et nous aperçûmes sur le chemin communal le toit d'une Mercedes qui filait à vive allure.

— Les Allemands ! s'écria Benoît.

— Ils vont à l'enterrement, annonça calmement Mathilde. Dans quelques minutes, Isidore et le père Favier seront avec nous.

J'avais compris. Benoît et moi réintégrerions nos cercueils et retrouverions nos places dans le corbillard, puis enfin : direction Chartres. Il nous suffisait d'être patients et la liberté viendrait à nous.

Benoît s'assit sur son cercueil et demanda à Mathilde :

— Qu'est-ce qu'on va faire à Chartres ?

— Je ne sais pas. Le père Favier et Isidore vont faire toute la route avec nous. Une fois là-bas, j'espère que le prêtre parviendra à convaincre son frère... Mais pour le reste, il n'y a rien de précis. Nous verrons.

De longues minutes s'égrenèrent dans un silence angoissant. La campagne était vide, la route déserte. Dans le ciel, les corbeaux filaient leur chemin, comme pour fuir des lieux maudits. L'attente finit par devenir très pesante.

Soudain, nous entendîmes des coups de fusils de chasse, claquements secs qui trouvèrent écho dans les plaines. Je me retournai aussitôt vers Mathilde :

— Ce sont des chasseurs ?

Elle était blême.

— Voyons Jacques, tu sais bien qu'on ne chasse plus. Les Allemands ont confisqué tous les fusils...

Les coups de feu reprirent. Cette fois, elle bredouilla :

— Seigneur !... Ça vient du cimetière !

— C'est si proche ?

— À vol d'oiseau, il est à deux cents mètres d'ici.

Benoît se mit debout et tenta de voir d'où provenaient précisément ces coups de feu. On ne tirait plus. De nouveau, le silence. La voix de Mathilde se fit entendre, serrée par l'émotion.

— Partons!

Je m'écriai :

— Et Isidore, le père Favier?

— Ils sont morts!

Je protestai :

— On n'en est pas sûr, il faut attendre et...

— Nous n'avons pas le choix!

Mathilde me poussa pour m'obliger à avancer. Benoît n'osait rien dire.

— C'est pas possible! criai-je encore. Ils ne peuvent pas...

Nous entendîmes alors le claquement des sabots. Le corbillard arrivait vers nous à une vitesse folle. Le père Favier tenait les rênes. À côté, Isidore était tassé sur lui-même, les yeux mi-clos, du sang s'écoulant de son bras.

— Mon Dieu! cria Mathilde.

Les chevaux s'arrêtèrent dans un nuage de poussière. Le père Favier mit pied à terre et Mathilde lui donna un coup de main pour l'aider à faire descendre son frère. Isidore marmonna :

— Ça va, je suis point mort.

— Que s'est-il passé? lui demanda Mathilde.

— Il y avait deux Allemands, s'empressa de

répondre le prêtre. Un soldat qui conduisait et un colonel. Ils sont morts tous les deux.

Il n'y avait plus de cercueil à l'arrière du corbillard, mais deux corps inertes qui se vidaient de leur sang. Je reconnus tout de suite le colonel de la Wehrmacht, celui qui m'avait interrogé près de la Sarthe. À ses côtés gisait le subalterne du sous-officier tué par Mathilde.

— Isidore a été reconnu par le soldat, expliqua le curé. L'un de ceux qui allaient fusiller les enfants.

Le prêtre nous expliqua comment Isidore s'était empressé de les éliminer, non sans prendre une balle de luger dans le haut du bras. Malgré la panique que soulevait une telle nouvelle, Mathilde s'efforça de trouver une solution raisonnée :

— Il faut mettre les corps dans la voiture et la cacher quelque part.

— Impossible, rugit le prêtre. Il y avait du monde dans le cimetière. Plusieurs personnes nous ont vus !

Elle s'écria :

— Qu'allons-nous faire alors ?

— Il faut partir, et vite !

— Avec un corbillard ? Cette idée est complètement insensée !

— Et si le père Favier et Isidore mettaient les uniformes allemands ? proposa Benoît. On abandonne le corbillard, on monte dans la voiture et on file vers Chartres le plus vite possible.

— C'est une idée, approuva Mathilde.

— C'est une folie, corrigea le prêtre.

— Je ne pense pas, insista-t-elle. Que nous prenions le corbillard ou la voiture, dans les deux cas, nous serons recherchés. Mais avec la voiture, nous irons beaucoup plus vite. Nous pourrons gagner du temps et fuir avant que l'alerte ne soit donnée.

— Et puis nous avons le plan, rappela Benoît. Là où sont mentionnés les lieux de contrôle allemands.

— Il ne faut pas trop compter là-dessus, temporisa Mathilde. Depuis que le sous-officier a été tué, il est possible que ces lieux de contrôle aient été modifiés. Il y a de fortes probabilités que cette carte ne soit plus valable.

Personne ne proposa de meilleure idée. Mathilde fila donc à l'arrière du corbillard et commença à faire glisser l'un des corps à l'extérieur. Nous lui prêtâmes main-forte. Une fois les deux cadavres à terre, elle s'empressa de les dévêtir. L'uniforme de colonel irait au prêtre, celui de soldat serait porté par Isidore. Avant de se changer, le curé partit d'un pas vif chercher la voiture allemande. Quelques minutes plus tard, la grosse Mercedes apparut sur le chemin de terre. Le prêtre descendit et se dirigea vers son frère qui finissait de boutonner sa vareuse :

— Et ton bras?

— Y a pas de balle dedans. Et Mathilde m'a fait un bandage.

Elle avait déchiré une partie de sa robe pour pouvoir confectionner une compresse de fortune. Elle jeta son chapeau dans un fossé et retira ses gants noirs.

— Mets-toi au volant, dit-elle à Isidore. Nous partons tout de suite.

— Mais je sais pas conduire!

— Il n'a pas son permis, s'emporta le prêtre qui finissait d'enfiler son pantalon d'officier.

Il remarqua les taches de sang sur la veste de son uniforme, et aussi celles qui maculaient la vareuse de son frère. Il dit alors :

— Il faut absolument nettoyer ma tenue, mais

pas celle de mon frère. Je conduirai la voiture. Si on est contrôlé, je pourrai toujours dire que mon chauffeur a été blessé en essayant de vous arrêter et qu'il n'est plus capable de conduire...

— C'est une excellente idée, le félicita Mathilde. Je vais nettoyer votre veste et nous partirons.

Elle trouva quelques flaques d'eau au creux du chemin et se servit de l'étole de cérémonie pour essuyer le sang. Le résultat n'en fut pas exceptionnel, mais allait devoir suffire.

— Et les chevaux? s'inquiéta Isidore.

— Détachons-les, répondit Mathilde. Ils trouveront bien de quoi se nourrir. Quant aux corps, il faut m'aider à les dissimuler dans le fossé.

— Seigneur! balbutia le père Favier qui ne voulait pas entendre cela. Vous vous rendez compte de ce que vous me demandez?

— Nous n'avons pas le choix, mon Père. À présent, vous êtes impliqué dans cette histoire. Si les Allemands vous trouvent, ils vous tueront.

Le prêtre en resta bouche bée. Lui qui ne voulait pas s'impliquer dans ce combat était devenu Résistant par la force des choses. Il trouva cependant la volonté d'exécuter les consignes, aida à faire disparaître les vêtements civils et à dissimuler le corbillard derrière un bosquet. Puis il alla s'asseoir au volant, et Isidore se plaça à sa droite. Mathilde, Benoît et moi prîmes place à l'arrière. Le prêtre amorça une manœuvre rapide, fit ronfler le moteur et s'élança sur la route communale.

— Par où allons-nous ? demanda-t-il.

— D'abord par le sud, répondit Mathilde.

— C'est la route de Mamers.

Benoît jeta un coup d'œil sur la carte et s'empressa de préciser :

— Il faudra couper bien avant, par un petit chemin, cela nous évitera un contrôle.

— C'est à espérer, soupira Mathilde en s'essuyant le front, vraiment, c'est à espérer...

SECONDE PARTIE

XII

Pas un mot ne fut prononcé durant de longues minutes. Benoît demeurait les yeux rivés sur sa carte, tandis que le père Favier conduisait en s'efforçant de rester concentré. Cela ne dura guère :

— ... Et mes paroissiens, que vont-ils devenir, hein ?

— Un prêtre sera nommé à votre place, le rassura Mathilde, et la vie continuera à La Fresnay-sur-Chédouet.

— Les Allemands vont aller perquisitionner chez moi, c'est sûr.

Assis à l'arrière de cette voiture, j'avais de la peine à respirer. L'angoisse d'une possible arrestation me tiraillait sans relâche. La tension devenait particulièrement intense à chaque instant où nous croisions un véhicule de l'armée allemande. Benoît nait ses consignes d'itinéraire au père Favier qui, connaissant bien la région, décidait de lui-même des bifurcations qu'il jugeait utile de prendre. Pour l'instant, la carte s'avérait juste et nous n'avions rencontré aucun barrage.

— Il nous faudrait des papiers, lâcha Mathilde sans s'adresser à l'un de nous en particulier. Et puis il va aussi falloir se séparer.

— Se séparer ? lança le prêtre apparemment en désaccord.

— De la même façon que nous avons dû nous séparer du colonel Harrington, et ceci pour des raisons de sécurité. Les Allemands vont comprendre que nous sommes ensemble. Et il y a pire...

— Pire ? se crispa le prêtre.

— Oui, mon Père. Ils vont découvrir que vous avez un autre frère. La première personne qu'ils iront voir, c'est lui.

L'idée fit son chemin dans la tête du prêtre. À un carrefour signalé par une borne, il donna un brusque coup de volant à droite et accéléra.

— Je ne suis pas d'accord, s'écria-t-il, je ne veux pas que mon frère de Chartres soit lui aussi impliqué dans cette histoire.

— Mais vous savez bien que nous n'avons pas le choix !

— Seigneur !...

La campagne était déserte et l'horizon demeurait calme. Le père Favier conduisait avec assurance et semblait avoir retrouvé son calme. L'uniforme allemand ainsi que son aisance naturelle lui conféraient à première vue une crédibilité d'officier.

La voiture avalait doucement les kilomètres. Les barrages allemands étaient ailleurs. Mais bientôt, Benoît brisa notre tranquillité toute relative :

— Nous allons prendre des routes qui ne sont pas sur cette carte, déclara-t-il, on va sortir du secteur.

— On peut aussi voir cela comme une bonne chose, enchaîna Mathilde, et considérer que nous avons dépassé le secteur où les contrôles étaient les plus nombreux. Dans combien de temps serons-nous à Chartres ?

Le curé fit une moue.

— Je n'en sais rien, peut-être dans une heure. Habituellement je ne prends pas tous ces détours pour me rendre chez Claude.

— Il va falloir abandonner la voiture.

— Vous pensez vraiment que c'est nécessaire?

— À pied, nous pourrons toujours trouver une solution au cas où nous aurions affaire à un barrage. N'oubliez pas que cette voiture va être recherchée! Il faut la cacher et espérer que personne ne la trouve avant longtemps.

— Je sais que cette route mène à Chartres, précisa le prêtre. D'après le plan, il n'y a pas d'autre chemin pour s'y rendre. Si nous voulons poursuivre et éviter les contrôles, ce sera à travers champs.

— Alors arrêtons-nous, insista Mathilde, avant que nous ne tombions sur un barrage.

Tandis que je promenais mon regard au hasard de ce paysage agreste, mes yeux furent attirés par des cimes en mouvement qui apparaissaient derrière une colline. En voyant ces arbres, je m'exclamai :

— Regardez là-bas, on pourrait peut-être y cacher la voiture!

— C'est une idée, reconnut Mathilde, allons-y.

Le prêtre prit la direction indiquée, puis ralentit sur le bord de la route. Tout comme nous, il scruta le bosquet qui était visible à quelque distance de là. Il fallait traverser un champ pour s'y rendre; à première vue, rien d'insurmontable.

Le curé fit encore ralentir l'automobile, et avec toutes les précautions nécessaires, il tourna le volant et entreprit de traverser ce carré de terre qui nous séparait de la forêt. Mais soudain, il perdit le contrôle du véhicule et nous poussâmes à l'unisson un cri d'effroi. Lentement et sans que quiconque puisse y remédier, la voiture bascula en avant et s'enfonça inéluctablement au fond d'un fossé.

— Mon Dieu! s'exclama le prêtre.

Une partie de l'auto n'était plus en contact avec le sol : l'une des roues arrière tournait dans le vide. Nous descendîmes pour constater l'ampleur des dégâts.

— Seigneur! gémit le père Favier. Comment vais-je faire pour nous sortir de là?

Le fossé qui longeait la route était dissimulé par les hautes herbes touffues. Refusant d'accepter son échec, le prêtre retourna s'asseoir au volant, tenta de démarrer l'auto, mais la mécanique crachouillait. Malgré l'obstination du conducteur, la voiture refusa d'obéir à ses injonctions.

Isidore fit un pas vers son frère :

— Faudrait tous pousser!

— C'est pas la peine, souffla Mathilde. Inutile

d'essayer, le moteur est fichu. Il n'y a plus qu'à s'en aller.

— En la laissant ici ? s'emporta le curé, à la vue de tous ?

— Nous n'avons pas le choix. Filons, avant qu'une voiture allemande arrive.

Elle ne croyait pas si bien dire. Un véhicule s'approchait à toute vitesse de nous. Benoît prit peur :

— Allons nous cacher ! cria-t-il.

— Surtout pas, l'arrêta Mathilde, nous nous mettrions à découvert et ils nous tireraient comme des lapins.

— Que faire ? s'inquiéta le prêtre.

La voiture se rapprochait. Mathilde répondit :

— Faisons-leur croire que nous avons eu un accident. Pour l'instant, ils ne savent rien de nous.

Le véhicule ralentit, puis s'arrêta à notre hauteur. Les portières s'ouvrirent et deux simples soldats de la Wehrmacht descendirent. Ils s'approchèrent lentement du lieu de l'accident. Quand ils aperçurent la tenue d'un officier supérieur, ils se mirent au garde-à-vous. Le père Favier joua les indifférents et afficha un mépris de colonel, une colère qui menaçait d'éclater et qui incita les soldats à rester sur leurs gardes. Soudain, il lança quelques jurons en allemand, maudit la voiture qui gisait dans le fossé et s'emporta dans un débit intarissable de paroles dont la vitesse et le volume prenaient de l'ampleur. Il désigna la Mercedes plusieurs fois encore et alla même jusqu'à lui administrer des coups de pied. Il finit enfin par se calmer et partit chercher sa casquette, laissée à l'avant de la voiture.

Les deux soldats nous invitèrent à prendre place dans leur véhicule. Peut-être en avaient-ils reçu l'ordre du père Favier ? Toujours est-il que nous nous retrouvions, une fois de plus, installés à l'arrière d'une voiture allemande, mais cette fois-ci conduite par de vrais militaires. Contrairement à Benoît, je ne compris pas un mot sortant de leur bouche. Cependant, je pus voir que devant la colère et l'excitation de notre faux colonel, les soldats ne s'aventurèrent pas à lui poser de questions et ne se risquèrent pas davantage à lui adresser la parole. Le jeu d'acteur du père Favier nous avait tous surpris. Sa maîtrise de la langue allemande et son aplomb en de telles circonstances forçaient au respect. Les minutes s'enchaînèrent silencieusement. Le curé assis à l'avant regardait par la fenêtre défiler les paysages, l'expression de son visage toujours flanquée de cette morgue propre à ceux qui ne se considèrent pas du même monde.

Sans détourner les yeux et avec plus de calme que précédemment, il s'adressa aux soldats. L'un d'eux lui répondit en une phrase courte et un dialogue s'engagea. J'écoutais, sans rien comprendre. Je savais toutefois que Benoît comprenait assez bien la langue allemande. À l'occasion, il m'expliquerait ce qui venait d'être dit. À voir les têtes inoffensives des deux Allemands, nous étions tombés sur deux braves soldats qui passaient sur la route de Chartres par hasard. Ils avaient dû être, comme tant d'autres hommes, enrôlés dans un conflit dont ils ignoraient les causes. En quittant l'Allemagne, ils laissaient probablement derrière eux une femme et des enfants, peut-être une ferme, des terres et quelques bêtes. Tous ces sacrifices pour venir ici, en France, afin de mener une guerre contre des innocents qui ne leur avaient rien fait...

J'observai l'intérieur du véhicule. Je n'en avais jamais vu de semblable. C'était un petit engin blindé qui filait vite et bruyamment. Il perdit pourtant de la vitesse à l'approche d'un barrage que l'on pouvait apercevoir à la sortie d'un lacet. Rien ne manquait : barrière, panneau d'interdiction, soldats en armes et side-cars. J'essayais de me rassurer, en pensant que ces hommes étaient là pour effectuer de simples contrôles et ne s'affairaient pas à rechercher de dangereux terroristes.

Notre conducteur atteignit le point de contrôle et arrêta l'engin. Il abaissa sa vitre et un soldat approcha. Au cours de la discussion, ils s'échangèrent des sourires, notre conducteur eut un léger ricanement au terme d'une phrase. Apparemment, les deux hommes se connaissaient, les prénoms de Kurt et de Heinrich revenaient souvent. La conversation ne dura pas, ils se saluèrent et l'homme sur la route s'écarta du véhicule, tout en nous faisant signe d'avancer. Le long poteau de la barrière se souleva. Benoît qui était assis à ma droite me coula un regard de soulagement. Mathilde, Isidore et le prêtre ne laissèrent rien paraître. La voiture continua son chemin, comme si de rien n'était.

— Ils vont à Paris! chuchota Benoît à mon oreille.

À l'arrière de cet engin tout en longueur, lui et

moi nous tenions un peu à l'écart des soldats allemands. Le vacarme du moteur couvrant aisément ses chuchotements, il continua :

— Ils viennent de le dire, ils doivent livrer un truc là-bas.

— Mais Chartres ?

— Ils passent par Chartres !

Par une chance inouïe, ces Allemands allaient nous conduire à l'unique endroit où nous avions une possibilité de trouver refuge.

— Le curé a demandé qu'ils nous laissent en ville ! sourit Benoît.

Le trajet se poursuivit ainsi sans incident. Les Allemands ne parlaient que lorsque le faux colonel les y invitait. Encore une bonne heure de route, de traversées de villages, de petites voies sinueuses et de campagne morose, quand, enfin, nous aperçûmes une forme qui émergeait dans le lointain au-dessus de la plaine et des champs : il s'agissait là de la cathédrale, symbole de la ville. Nous y étions, enfin ! Le panneau de la ville de Chartres apparut à notre grand soulagement.

Le véhicule militaire entra dans le trafic des voitures à cheval, empruntant des rues pavées, et se dirigea vers le centre-ville situé le long d'un coteau perché sur un plateau dominant le cours d'une rivière : l'Eure. Une fois à proximité de la cathédrale, nous réalisâmes à quel point cet édifice était imposant et magnifiquement dressé au sommet de son promontoire. Cette vue nous redonna confiance parce que d'une certaine façon elle matérialisait notre possible retour à la liberté. Dans les rues, les gens marchaient le long des trottoirs, croisant des Allemands de tous âges et de tous grades. Les femmes portaient des chapeaux volumineux ou des turbans, ainsi que des vestes à épaules renforcées. Il se dégageait de ces scènes urbaines une normalité que nous n'avions pas connue depuis bien longtemps. Néanmoins, je baissai la tête pour éviter que l'on ne croise mon regard. J'avais cette impression angoissée que mon statut de fugitif pouvait se lire au fond de mes yeux.

Le véhicule s'arrêta, certainement parce que notre faux colonel l'avait exigé. Les portières s'ouvrirent. On nous fit descendre sans empressement. Une fois dehors, le père Favier remercia brièvement les deux soldats et le véhicule ne tarda pas à repartir, nous laissant tous les cinq au milieu d'une foule de

Chartrains dans laquelle nous avions pour priorité de nous confondre.

— Donnez-moi la main, les enfants.

Nous obéîmes à Mathilde, et Isidore demanda à son frère :

— Qu'est-ce qu'on va faire maintenant ?

— Commence par parler moins fort, lui suggéra sèchement son aîné tout en enfonçant sa casquette. N'oublie pas que toi et moi, nous sommes allemands.

Isidore se coiffa de son calot et attendit les consignes. Le père Favier balaya du regard les alentours.

— Suivez-moi, dit-il à voix basse.

Notre excursion se devait de présenter des allures tranquilles. Nous marchions avec désinvolture, sans la moindre précipitation, cachant du mieux que nous le pouvions notre crainte d'être contrôlés. Il fallait rester prudent et discret, car notre visite en pleine après-midi n'avait rien de touristique. Ici comme ailleurs, les agents de la Gestapo circulaient en civil, un contrôle d'identité inopiné pouvait survenir à tout moment.

Nous arrivâmes dans le quartier de la Cathédrale,

arpentant une ruelle d'échoppes et de commerces artisanaux. Le prêtre que nous suivions à grands pas se dirigea vers une boutique à belle façade. Une pancarte en bois suspendue à une chaîne indiquait le nom du propriétaire : Claude Favier, maître verrier. Une vitrine présentait des vitraux et quelques échantillons pour attirer le client, ou vanter l'éclectisme d'un savoir-faire reconnu.

Depuis la rue, Isidore se pencha pour voir à travers la vitre si son frère travaillait en cet instant. Le père Favier, lui, essayait plutôt de repérer la présence d'indésirables dans la boutique. Il finit par pousser la porte et le carillon suspendu se mit à tinter. Nous entrâmes. La pièce était vide, mais au fond, une seconde porte conduisait très certainement à l'arrière-boutique. Nous nous attendions à ce que le propriétaire apparaisse d'une seconde à l'autre.

— Oui ?

Le ton était aimable et le sourire sincère. L'homme portait une blouse et, sur le bout de son nez, des petites lunettes en demi-lune. En voyant les deux Allemands, son sourire se mua en rictus. Il ne reconnut pas ses frères, qui avaient dans l'urgence oublié l'effet que pourrait bien produire leur tenue vestimentaire sur un proche.

— Messieurs ? dit-il.

Ils ne répondirent pas.

Les yeux de Claude, écarquillés, allaient de l'un à l'autre. Sur son visage se peignait la confusion.

Isidore ne tint plus :

— C'est nous ! Tu nous reconnais pas ?

Mais le maître verrier refusait de croire ce qu'il voyait. Il chercha une chaise à tâtons, ne la trouva pas. Bouleversé par cette vision d'épouvante, il se cacha les yeux de sa main tremblante et commença à tituber. Il bouscula une table, faisant tomber à terre un petit vitrail de présentation qui se brisa.

— Du calme ! lança le père Favier en essayant de lui porter secours. Tiens, prends cette chaise !

Après quelques secondes, Claude, haletant, implora :

— Seigneur ! Seigneur ! De bons chrétiens comme vous. Qu'êtes-vous devenus ?

Je vis Mathilde embarrassée. La situation prêtait effectivement à confusion. Le père Favier voulut le rassurer :

— Allons dans l'arrière-boutique, je vais tout t'expliquer.

Le verrier nous conduisit à l'abri des oreilles et des regards indiscrets. De nouveau il s'assit, et nous restâmes debout autour de lui. Le curé commença :

— Isidore et moi avons dû mettre ces uniformes pour quitter La Fresnaye.

Le maître verrier récupérait progressivement ses esprits, et la situation finit bientôt par devenir claire. Il demanda au prêtre :

— Et les Allemands ?

— Il est possible qu'ils viennent ici.

— Ils vont m'interroger ?

— Que nous soyons ici ou pas, oui, je pense.

Il se massa le visage et exhala un soupir :

— Que vais-je faire alors ?

— Te préparer...

— Tout de même, quelle histoire !

Son regard se porta sur nous. Mathilde pensa qu'il était temps de lui parler.

— Je m'appelle Mathilde, dit-elle avec un bon sourire. Et voici Jacques et Benoît.

— Enchanté, répondit poliment le verrier. Lequel est Jacques, lequel est Benoît ?

Nous fîmes les présentations. Il finit par se lever de sa chaise et dit à ses frères :

— Il faut absolument que vous enleviez ces habits, tout de suite.

— Où est Martine? lui demanda le père Favier.

— Sur un chantier. Elle ne devrait pas tarder à revenir. Je ne tiens pas du tout à ce qu'elle vous voie avec de pareils vêtements!

— Nous comprenons, concéda le prêtre. Viens Isidore, allons nous changer.

Claude partit accrocher à la poignée de la porte extérieure une petite pancarte qui disait : « Absent pour quelques minutes ».

Il abaissa d'un coup le rideau et revint vers nous.

XIII

La boutique était surmontée d'un appartement à deux étages. Mathilde, Benoît et moi étions assis dans le salon. Claude Favier faisait glisser une main anxieuse sur son crâne dégarni. Au bout d'un moment, il se gratta la nuque, là où quelques cheveux subsistaient encore, puis déclara :

— Il va falloir vous cacher.

— Peut-être aussi se séparer, ajouta Mathilde.

Isidore et le père Favier entrèrent dans la pièce, vêtus de vêtements civils.

— C'est tout de même mieux, soupira aussitôt Claude en les détaillant du regard. Venez donc vous asseoir.

Il retira ses lunettes et en essuya les verres avec le pan de sa blouse. Il allait parler quand son frère Isidore le devança :

— Je crois aussi que tu devrais fuir...

— Moi ? Fuir ? Comment ça ?

— Les Allemands vont venir t'interroger. Ils en feront de même avec ta femme.

Le prêtre prit place dans un fauteuil Voltaire et poursuivit :

— Mais je me doute que tu ne voudras pas abandonner ton atelier...

— Si je pars, cela signifiera pour les Allemands que je suis dans le coup et que j'ai quitté Chartres avec vous. Ils penseront à juste titre qu'ils sont sur la bonne piste. Alors que si je reste ici, ils pourraient penser que vous n'êtes jamais venus...

— Tu crois ça ? Ils t'arrêteront et te questionneront brutalement, tout comme ils l'ont fait avec moi. Tu sais, c'est un miracle qu'ils m'aient laissé partir !

Claude hésitait :

— Il faut prendre le temps de réfléchir à tout cela...

— Pas trop de temps, s'écria Mathilde qui se tenait assise sous un vitrail.

— On ne peut pas agir dans la précipitation, rétorqua l'homme.

— Connaîtriez-vous un imprimeur? lui demanda Mathilde à brûle-pourpoint.

— Un imprimeur? Non, pas directement. Mais je peux me renseigner. Je vais voir ce que je peux faire. Vous voudriez faire de faux papiers, c'est ça?

— Oui.

— Mais il va falloir attendre plusieurs jours.

— Encore attendre, reprit Mathilde à contrecœur. Si les Allemands décident de venir, ce sera sans tarder!

— Vous ne manquez pas de culot, s'exclama le verrier visiblement vexé. Vous impliquez mes frères dans une histoire de Résistance qui ne les concerne pas, vous débarquez chez moi pour me demander de l'aide et vous trouvez en plus que ma façon d'agir n'est pas assez... rapide!

Mathilde eut l'air embarrassé par la réplique cinglante. Elle fit de son mieux pour apaiser la situation :

— Nous venons de vivre des événements difficiles, et je crois que nous avons aussi besoin de nous reposer, de rester quelques semaines au calme. Je vous prie d'accepter mes excuses...

— Je comprends. Oublions ça.

Puis ajoutant avec l'air de plaisanter :

— Je crois que, de mes frères, je suis celui qui est le plus susceptible !

Les petits rires attestèrent que l'incident était clos. Mathilde enchaîna :

— Toutefois, vous comprendrez que nous ne pouvons pas rester ici. Dans un jour ou deux, les Allemands viendront perquisitionner votre boutique.

— Je les attends.

— Êtes-vous sûr de mesurer les conséquences de tout ceci ?

— Deux choses m'importent madame : ma femme et mon commerce. Mon épouse partira ce soir, pour le reste, je m'en occupe.

— Bon.

Mathilde laissa son fauteuil. Elle posa sa main sur mon épaule en même temps qu'elle se fit une place entre Benoît et moi. Nous étions installés dans un grand canapé chargé de coussins.

Le maître verrier n'avait pas quitté la jeune femme des yeux.

— Vous vous y connaissez en vitraux ? lui demanda-t-il soudain.

— J'apprécie leur beauté, mais j'ignore complètement la façon dont ils sont fabriqués.

— Cela n'est pas très grave...

— Vous pensiez à quelque chose, peut-être?

Il hésita et baissa la tête, se concentrant sur ce qu'il allait lui répondre :

— Peut-être. Je suis propriétaire de ce petit atelier et de cette boutique. Mais il y a quelques mois, j'ai acheté des parts dans une autre verrerie du centre de Chartres. Une dizaine d'embauches a été prévue pour des travaux importants. Au début de la guerre, bien des villes de France ont été bombardées. De nombreux vitraux ont été détruits ou sont bons à remplacer dans les églises du pays. Certains Allemands, très pieux et amateurs d'art, ont exigé que j'accomplisse cette besogne.

Le père Favier n'en croyait pas ses oreilles, il s'empressa de dire :

— Tu travailles pour les Allemands, toi?

— Tu n'y es pas, mon frère. Je n'ai pas eu le choix. Un jour, un type, un officier allemand, a débarqué ici. Je n'étais pas là, et Martine non plus. C'est Pierre, mon apprenti qui l'a accueilli. Lorsque je suis rentré ici, j'ai trouvé une convocation qui exigeait que je me rende au plus vite à la Kommandantur du canton de Chartres. Mais il s'était produit une chose terrible. J'ai retrouvé mon apprenti, inerte sous sa table de travail, détruite. On l'avait battu et sa mâchoire avait été cassée à coups de poings. Il n'a jamais pu reprendre le travail.

— Quelle monstruosité, soupira le prêtre, épouvanté. Pourquoi ?

— L'Allemand a certainement voulu me faire peur. C'était réussi. Je n'ai pas eu le choix, répéta Claude. J'ai dû accepter leurs conditions.

Il marqua une pause et continua sur un ton plus optimiste à l'adresse de Mathilde :

— Une dizaine d'embauches... certains employés connaissent le métier, d'autres pas. Mais surtout, je vois là une occasion pour vous de vivre et de travailler là-bas. Je doute que les Allemands vous soupçonnent. Les autres ouvriers viennent eux aussi d'un peu partout. Et puis, je ne suis pas le patron de cet atelier. C'est Gaston Monnier, un brave Chartrain chez qui on est maître verrier depuis des générations. Le gars est timide et il ne vous posera pas de questions. Si vous restez discrète, personne ne saura que vous me connaissez.

— C'est une idée, approuva Mathilde, et pour les enfants ?

— Ils resteront avec vous, et travailleront de la même façon.

— Voilà de quoi vous faire oublier, s'écria le prêtre.

Cependant, Isidore et lui étaient toujours dans l'attente d'une solution les concernant. Le père Favier laissa planer un long silence. Claude avait l'air de réfléchir attentivement. Mathilde finit par lui demander :

— Et des Résistants, vous en connaissez ?

Le sourire ironique alla de pair avec le ton qu'il employa :

— Ils n'ont pas de boutique ou de devanture comme la mienne ! Ici, tout le monde se méfie de tout le monde. Non, je ne connais pas de Résistants. Le seul homme courageux que j'ai connu, c'était notre préfet : Jean Moulin. Il a résisté quand les Allemands sont arrivés ici en 40. Ils ont voulu lui faire signer un document accusant des soldats africains de l'armée française du meurtre de civils. Le bonhomme n'a jamais cédé.

— Et qu'est-il devenu ? demanda le père Favier.

— Il a disparu. Certains disent qu'il est à Londres, à vrai dire, personne ne sait.

— Cet homme aurait pu nous être d'une grande utilité, s'écria Mathilde avec regret. Nous devrons faire sans...

Claude Favier retira d'un coup ses lunettes et porta l'embout d'une branche au coin de sa bouche. Il dit alors tout en regardant ses frères :

— Vous partirez ce soir avec Martine. Elle vous mènera en voiture chez mon ami Antoine, où vous resterez le temps de vous faire oublier. Je lui ai rendu pas mal de services dans le passé. Il me doit bien ça. Ensuite, ma femme se rendra chez les sœurs de l'institution Guéry où elle a été élevée. Elles l'hébergeront sans problème.

— Et si nous sommes contrôlés? demanda le père Favier.

— Martine connaît bien le coin, elle sait où sont certains barrages.

Mathilde hésita avant de demander :

— Et pour votre femme, vous n'avez pas peur que les habitants s'inquiètent de sa disparition?

— Je ne crois pas. Martine part très souvent en visite dans les églises de la région. Il lui arrive parfois de s'absenter pendant plusieurs jours. Elle et moi nous sommes munis d'*Ausweis* qui nous ont été fournis par la Kommandantur. Avec ça, on peut passer tous les contrôles.

Mathilde lança en haussant les épaules :

— C'est au moins le bon côté des choses...

Nous entendîmes des bruits de pas dans l'escalier, quelqu'un montait.

— Tiens, voilà Martine, annonça Claude.

Elle apparut dans l'encadrement de la porte, et ne sembla pas surprise de découvrir du monde dans son salon. Les bruits de nos conversations avaient dû lui parvenir dès son entrée. Un sourire se glissa sur son visage et Isidore fit éclater sa joie :

— Martine !

— Isidore...

Ils s'étreignirent avec beaucoup de tendresse, Isidore avait les larmes aux yeux.

— Ça fait longtemps ! dit-il.

— Oui, tu m'as manqué.

Martine Favier avait les cheveux roux, longs et bouclés, et un visage aux traits fins avec de belles pommettes et quelque chose de tendre dans le regard. Elle salua le père Favier, puis nous fixa avec des yeux interrogateurs sans perdre son sourire. Son mari lui donna quelques explications :

— Ce sont des amis de mes frères. Ils ont beaucoup souffert, leur histoire n'est pas banale.

Les traits de son visage accusèrent un changement radical. Elle était sensible aux problèmes des autres et se mit tout de suite à notre écoute. Mathilde fit les présentations :

— Je m'appelle Mathilde Lemercier et voici Jacques et Benoît. Ce sont des orphelins de la guerre, ils sont devenus mes enfants.

Martine fut émue par une entrée en matière aussi touchante. Machinalement, elle se plaça derrière le fauteuil où était assis son mari et posa sa main sur son épaule. Elle écouta la suite.

— Nous sommes désolés, madame, déclara Mathilde d'une voix où perçait l'émotion, mais par notre faute, le père Favier et Isidore sont impliqués dans une histoire de Résistance. Je peux vous le dire, sans eux, nous serions certainement entre les mains des Allemands.

Les explications se poursuivirent. Cette femme avait en elle une grande générosité, ainsi qu'un véritable don pour écouter les gens. Après quelques phrases échangées, elle déclara :

— Comptez sur nous, nous vous aiderons.

— Tu ne crois pas si bien dire, lui répondit son mari sur un ton grave. Tu pars, tout de suite!

— Partir? Mais où?

— Tu vas chez les sœurs, elles comprendront. Mais tu déposeras mes frères chez Antoine.

Elle sembla croire un instant que son mari plaisantait. Mais, le connaissant depuis des années, elle savait que ce n'était pas le genre.

— Et la boutique?

— Je m'en occupe.

— Tu veux me mettre à l'abri, et toi tu restes ici?

— Je ne risque rien.

— Rien? Tu n'es pas sérieux.

— Si je reste là, c'est une couverture assurée pour tout le monde. Prépare tes affaires, il ne faut pas que tu tardes.

Elle demeura sans voix. Le visage souriant et accueillant avait disparu. Elle quitta la pièce sans un autre mot. Nous l'entendîmes monter les marches qui conduisaient à l'étage supérieur.

Le maître verrier dit à son frère :

— Isidore, tu trouveras quelques vêtements dans le grenier, et aussi des valises. Prends tout ce que tu peux.

Isidore se leva et alla sur-le-champ accomplir cette tâche. Claude abandonna son fauteuil et s'approcha d'une commode. Il ouvrit un tiroir et en tira une bourse minuscule serrée par un lacet.

— Prends ça, dit-il au prêtre.

— Qu'est-ce que c'est ?

— De l'or en poudre. On ne sait jamais, tu pourrais en avoir besoin.

— Merci, dit le curé après un moment d'embarras.

— Dans peu de temps, tu seras à l'abri.

— Je suis très inquiet pour mes paroissiens. Ils vont me manquer.

— Dans ta situation, tu n'as pas le choix. Tu les retrouveras après la guerre.

— Oui...

Le prêtre était très affecté. Ses yeux devinrent fuyants tels ceux de quelqu'un qui lutte pour ne pas pleurer. J'aurais aimé que Mathilde, Benoît ou moi puissions lui dire à quel point nous lui étions reconnaissants de son aide. Le moment était mal choisi, car il écoutait son frère qui continuait à lui expliquer la façon dont les choses allaient se dérouler :

— Tes amis vont partir aussi. Je vais les accompagner à pied. L'atelier de Monnier est à deux pas d'ici. Nous allons nous y rendre avant que la nuit ne tombe, l'air de rien.

Le chagrin montait graduellement dans le cœur et dans les yeux du prêtre. Avec toute la peine qu'il ressentait, ses mots se firent saccadés :

— Merci, Claude... Merci à toi.

Les deux hommes étaient face à face. Portés par une vive émotion, ils s'étreignirent.

— Ne sois pas inquiet, fit Claude. Après la guerre, tu retrouveras ta paroisse. Et puis si j'arrive à obtenir de faux papiers, j'essaierai de te les apporter moi-même.

Son épouse réapparut :

— J'ai demandé à Isidore de mettre les valises dans la voiture.

Elle avait ponctué cette phrase pourtant anodine d'un sanglot étranglé, et fixait son mari avec des yeux emplis de larmes et des lèvres tremblotantes.

J'assistais à la séparation d'une famille, culpabilisant sur les risques qu'elle prenait pour sauver la vie des étrangers que nous étions. Ce matin même, Martine Favier s'était levée sans savoir qu'elle aurait à quitter sa maison et celui qu'elle aimait, en ignorant quand elle les reverrait. Claude serra sa femme dans ses bras et il lui confia un « Je t'aime » à l'oreille. Isidore arriva avec une valise dans chaque main. Soudain, Benoît qui n'avait pas encore dit un mot s'élança vers lui :

— Isidore !

Le brave Sarthois ne manifesta aucune émotion, un peu de surprise tout au plus :

— Qu'est-ce qu'il y a ?

— Merci ! Merci et pardon. Pardon pour les ennuis, pardon pour tout !

— ... À bientôt, alors.

C'est tout ce qu'il trouva à dire, car à lui aussi, les mots manquaient. Claude fit diversion pour éviter que le désarroi provoqué par la situation ne s'amplifie. Il demanda à sa femme :

— Pour la voiture, tu auras assez d'essence ?

— Oui. Il y a ce qu'il faut...

Puis se succédèrent les étreintes, les accolades, le

claquement des bises et les au revoir, le tout dans une grande pudeur, de celle que l'on rencontre parfois lors des veillées funèbres. Isidore portait une casquette à la manière de Gavroche, le père Favier enroula une écharpe de laine autour de son cou.

J'étais debout près de la cheminée sans flammes, Benoît à mes côtés. Le prêtre s'approcha de nous, le visage grave, et nous comprîmes qu'il s'apprêtait à nous dire quelque chose qui resterait gravé en nos mémoires à tout jamais :

— J'espère que les sacrifices de ceux qui luttent pour vos libertés donneront un sens à vos vies. Que Dieu vous protège mes enfants...

À ces mots, Isidore et lui quittèrent la pièce et disparurent dans l'escalier.

Nous ne les revîmes jamais.

XIV

Les journées sont courtes en hiver, et l'approche de la nuit se faisait déjà sentir. Les rues de Chartres étaient moins lumineuses et les passants étaient pour la plupart rentrés chez eux.

Le froid s'était accentué.

Nous étions sur le trottoir, face à la boutique de Claude Favier. Il avait été convenu que nous partirions en même temps, mais surtout pas en groupe. Nous allions suivre Claude les uns derrière les autres, sans montrer que nous nous connaissions. Dépourvus de valises ou de paquets, nous étions des Chartrains ordinaires, arpentant les rues de la ville le plus naturellement du monde aux yeux de ceux qui auraient pu nous surveiller. Cette marche nous permit de découvrir les ruines causées par les âpres bombardements du début de la guerre. Si par endroits des rues entières avaient été dévastées, ailleurs elles avaient tenu bon.

Ce fut dans l'une de celles-ci que Claude ralentit le pas, et nous comprîmes que l'atelier de Gaston Monnier était tout proche. Il n'y avait pas de belle façade, ni de commerce avec vitrine, mais un simple alignement de maisons mitoyennes. Claude s'introduisit sous un porche qui donnait sur une cour, vérifiant d'un coup d'œil qu'il n'avait pas été suivi. Une fois convaincu que nous étions tous à l'abri des regards malveillants, il put nous parler :

— Voilà, c'est ici.

Il venait de désigner une porte agrémentée d'un heurtoir en laiton. Il continua :

— C'est souvent lui qui ouvre, expliqua-t-il en parlant du propriétaire. Comme il ne vous connaît pas, vous devrez le convaincre très vite. Vous lui direz que vous cherchez du travail…

— Ça suffira ? lui demanda Mathilde.

— Non. Il faudra dire aussi que vous venez de la part de Carlos Pereira, un Portugais.

— Qui est-ce ?

— Gaston admire ce type. C'est un grand maître verrier installé dans le Sud-Ouest. Cela fait très longtemps qu'ils ne se sont pas vus. Avec une telle référence, vous n'aurez aucun mal à vous faire écouter.

Mathilde hésitait encore :

— S'il venait à me poser des questions à son sujet ?

— Vous lui direz que pour sa vue : ça ne s'arrange pas. Mais qu'il n'a rien perdu de son talent ! N'ayez crainte, vous tomberez bien. Gaston a pris du retard pour recruter le personnel qui lui manque. Vous lui direz que vous savez dessiner, peindre, et cela sera suffisant.

Le silence retomba brusquement. L'un comme l'autre avaient fait le tour de la question et n'avaient plus rien à dire. Mathilde parut embarrassée. Le moment était venu de se dire au revoir. Elle avait le regard de quelqu'un qui a une chose importante à dire, mais ne sait pas comment l'exprimer. Elle prit la parole en s'éclaircissant la gorge :

— Bon... je... enfin, je voudrais vous dire...

— Merci ?

— Oui. Mais c'est si peu de chose, compte tenu des sacrifices que nous vous contraignons à faire.

— Oubliez cela. Nous en reparlerons un jour.

Il nous adressa un sourire ému et changea de conversation :

— Quand vous travaillerez à l'atelier, vous me verrez de temps à autre. Bien sûr, nous ferons ceux qui ne se connaissent pas.

— Oui, bien sûr.

— Il y a des casiers pour le personnel. Un jour, j'espère pouvoir vous y glisser de faux papiers...

À son tour, elle eut un sourire un peu triste et lui tendit la main. Il la serra. Claude dut soudain penser qu'il avait été un peu long dans ses propos, et qu'il était risqué pour lui de rester ici plus de temps encore. Précipitant les séparations, il passa une main complice dans la chevelure de Benoît, et nous murmura :

— Bonne chance!

Il quitta les lieux sans se retourner et disparut au coin de la rue. Mathilde me prit la main, puis celle de Benoît. Nous n'avions pourtant que quelques mètres à parcourir pour atteindre cette porte. Le geste était machinal.

— Bien les enfants, dit-elle, allons-y!

Elle trouva une sonnette sur le mur latéral, et évita le heurtoir. Malgré la sonnerie stridente, l'attente fut longue. Elle sonna une seconde fois. Le haut de la porte comportait un verre cathédrale, et nous aperçûmes les contours d'une silhouette qui s'approchait. La porte s'ouvrit.

— Quoi ?

Le ton ne suggérait en rien le plaisir de recevoir, et l'homme nous fixa d'un mauvais œil :

— Quoi ? répéta-t-il, qu'est-ce que vous voulez ?

— Je recherche un travail, je suis...

— Y en a pas, allez-vous-en !

La porte allait se refermer en un claquement brutal mais Mathilde la retint.

— Attendez ! Laissez-moi vous expliquer, c'est Carlos Ferreira qui m'envoie !

Il fixa Mathilde avec un air suspicieux à travers cette porte entrouverte. Puis il détailla Benoît de la tête aux pieds et en fit autant avec moi, arborant toujours son air menaçant.

— Pereira ! Il s'appelle Pereira ! Vous êtes sûre que vous le connaissez ?...

L'homme avait mauvaise allure et mauvaise mine. Il portait un tricot qui n'avait pas connu le lavoir depuis longtemps, ses cheveux étaient hirsutes, sales, et son menton n'était pas rasé. Mais ce fut son coup d'œil qui nous impressionna le plus : ses pupilles ressemblaient à deux trous noirs, profonds comme des caves et ses paupières inférieures étaient chargées autant que le sont celles des personnes qui s'adonnent à la boisson.

— Entrez !

Mathilde passa la première dans le couloir, tout aussi méfiante que Benoît et moi nous l'étions. Le bonhomme nous amena dans la cuisine. Mathilde, elle-même, n'osa y entrer. Nous restâmes à l'observer sur le seuil de la porte alors qu'il retournait s'asseoir à la table d'où nous l'avions soustrait à une corvée d'épluchure. Une pomme de terre à la main, un économe dans l'autre, il releva la tête et nous demanda :

— Vous savez comment c'est fait un vitrail ?

— Euh...

Il s'emporta :

— Non, bien sûr que non, vous savez pas comment c'est fait !

Il jeta la pomme de terre dans une passoire et interrogea encore :

— Vous êtes pas des voleurs, j'espère ?

— Bien sûr que non !

— Vous l'avez connu comment Carlos ?

— J'étais aide-cuisinière dans un restaurant qui...

— Ça va !

Il se tut un instant, avant de reprendre :

— Comment voulez-vous que je vérifie toutes les conneries que vous pourriez inventer ?

L'homme s'appliqua à retirer une épluchure la plus fine possible, et sans quitter sa pomme de terre des yeux :

— Si vous voulez vous installer là-haut, c'est possible. Démerdez-vous !

Mathilde était effarée. Ne voulant pas en rester là, elle se risqua à lui dire d'une voix hésitante :

— Vous avez son bonjour.

Il ne broncha pas. Devant son mutisme, elle crut avoir touché sa corde sensible et voulut franchir un second cap :

— Il va bien, mais ses yeux, c'est pas trop ça.

— Foutez-moi la paix !

Il avait crié si fort que nous avions tous sursauté. Mathilde fit un pas en arrière craignant de recevoir une pomme de terre à la figure. Elle nous entraîna dans le couloir et la voix de l'homme retentit comme une rafale de mitraillette :

— C'est l'escalier au fond à gauche!

La peur qu'il nous empoigne et nous égorge nous fit presser le pas. Alors que nous commencions à gravir l'escalier nous l'entendîmes encore :

— Vous serez payés 15 francs par jour, plus la gamelle!

Un étage, puis deux, puis trois, puis quatre... nous étions sous les combles, la porte d'un grenier aménagé était entrouverte.

— J'imagine que c'est là, fit Mathilde sans davantage d'assurance.

Elle poussa la porte et nous entrâmes. Il y avait deux lits, une armoire et un lavabo. Une fenêtre donnait sur la cour où nous avions eu notre conversation avec Claude Favier, la seconde surplombait un jardinet qui était probablement attenant aux ateliers.

Mathilde affichait une expression tourmentée :

— Mon Dieu! quel accueil...

Benoît ouvrit l'armoire, elle était vide.

— Comment on va faire pour les vêtements? demanda-t-il.

— Je ne sais pas encore, lui répondit Mathilde. Ne t'inquiète pas, nous allons trouver une solution.

Je m'assis sur le lit pour en apprécier le confort. Une pile de draps et de couvertures était posée au pied. Mathilde qui voulait oublier l'amertume de cette rencontre essaya de nous rassurer :

— Quand nous aurons nos papiers, nous pourrons partir. Je suis sûre que nous n'attendrons pas longtemps.

Soudain la porte qui était restée entrouverte fut poussée par une main hésitante, mais le visage de la personne demeura invisible encore quelques secondes. Nous nous attendions à voir apparaître notre hôte ; ce ne fut pas le cas. Notre visiteuse était jeune et blonde, elle affichait un sourire timide et paraissait embarrassée. Elle fit l'effort d'un pas vers nous.

— Bonjour, dit-elle d'une voix à peine audible comme pour ne pas déranger.

— Bonjour, lui répondit Mathilde en faisant aussi un pas vers elle.

Elle devait avoir une quinzaine d'années. Ses grands yeux bleus n'en finissaient pas de s'agiter tant elle était nerveuse. Son visage avait gardé les traits de l'enfance et sa voix était celle d'une petite fille. Elle poursuivit alors sans trop oser affronter nos regards :

— Je vous ai entendus parler, je...

— Viens t'asseoir, l'invita Mathilde.

— Non, non, je suis simplement venue vous dire bonjour.

— C'est gentil. Comment t'appelles-tu ?

— Mireille.

— Mireille... voici Jacques et Benoît.

Si ses sourires avaient des airs d'inachevé, ils n'en étaient pas moins sincères. La présence de jeunes adolescents la rassura un peu. Elle soutint sans trop de peine notre regard, mais dès qu'il s'agissait de Mathilde, elle retrouvait cette gêne propre aux gens peu sûrs d'eux. Mathilde essaya de la mettre à l'aise.

— J'imagine que tu travailles ici ?

— Oui. Enfin, je suis arrivée il y a quelques jours.

— Tu es du coin ?

— Du Mans. Mes parents sont venus s'installer à Chartres, je les ai suivis.

À la simple évocation du mot « parent » elle accusa une gêne croissante. À l'évidence, le sujet était délicat et nous comprîmes qu'il leur était arrivé quelque chose.

— Quel âge as-tu ? lui demanda Mathilde.

— J'ai quinze ans. J'ai vraiment besoin de gagner ma vie.

— Je comprends, nous sommes dans la même situation. Et tes parents ne peuvent pas t'aider ?

Elle détourna son regard pour cacher son émotion.

— Non. Ils ont disparu.

Puis elle s'empressa de passer à un autre sujet :

— Je vous ai entendus parler de vêtements en entrant. Vous avez perdu vos valises ?

— On nous les a volées !

— Dans ma chambre, l'armoire est pleine d'affaires !

— Ah ?

— Leurs propriétaires les ont certainement oubliées en partant.

— Ou alors ils ont dû quitter les lieux dans la précipitation... Tu as vu d'autres personnes ici ?

— Il y a une dame dans la chambre d'à côté, elle a commencé il y a quinze jours. Elle ne parle pas beaucoup. Sinon, j'ai croisé d'autres ouvrières au moment des repas, je pense qu'elles travaillent ici.

Benoît s'approcha d'elle et lui demanda :

— Et pour la soupe, ça se passe comment ?

— Il y a un réfectoire en bas. Ce soir, on ira ensemble, si vous voulez...

Elle avait l'air heureuse d'avoir pu échanger quelques mots avec nous. Elle sortit de la chambre le sourire aux lèvres.

Cette fois, Mathilde prit soin de bien fermer la porte.

— Vous voyez, nous dit-elle avec un peu de joie, je suis sûre que nous allons faire des rencontres intéressantes !

— Tu crois qu'elle nous a entendus ? demandai-je.

— Qu'est-ce qu'elle aurait pu entendre ? reprit Mathilde.

— Tu as parlé de notre histoire de papiers. Elle a très bien pu comprendre que nous espérions avoir un jour des faux papiers.

Mathilde essaya de se souvenir de la façon dont les choses avaient été dites. Elle concéda :

— Tu as raison, il est possible qu'elle m'ait entendue à ce sujet.

Elle s'approcha de la fenêtre qui donnait côté rue et déclara d'un air songeur :

— Je ne pense pas que nous ayons quelque chose à craindre d'elle...

— Et pourquoi ? s'enquit Benoît.

Elle lui sourit et il devança de suite sa réponse :

— Tu crois qu'elle est juive, comme toi et moi ?

— J'en suis presque certaine.

Je tournai les robinets du lavabo. Celui de l'eau chaude ne fonctionnait pas. Alors que je portais un peu d'eau glacée à ma bouche, je dis :

— Je commence à avoir sacrément faim, pas vous ?

— Si, répondit Benoît. Je rêve d'une bonne côte de bœuf grillée avec des patates sautées !

Je ris :

— Tu rêves, en effet ! Je ne pense pas que le patron ait l'intention de nous engraisser !

Une heure plus tard, quelqu'un frappa à la porte. Des petits coups si faibles qu'on aurait pu les confondre avec un grattement de souris. Mireille apparut à nouveau, elle avait les bras chargés de vêtements et un sourire de Père Noël.

— Je ne sais pas si ça ira mais, voilà...

— C'est très gentil à toi, remercia Mathilde en la débarrassant.

Elle posa le gros paquet de vêtements sur l'un des lits et déclara :

— Nous les trierons plus tard. Je crois que les garçons ont faim et qu'il serait temps d'aller dîner.

— C'est l'heure, approuva la jeune fille. Je suis venue pour vous accompagner.

Le réfectoire était adjacent au jardinet. C'était une salle austère, aux murs gris crasseux, dont le plafond était équipé en son centre d'une ampoule minable qui éclairait pauvrement les murs. À notre entrée, les têtes convergèrent. Les bruits de couverts s'arrêtèrent et les visages d'hommes et de femmes révélèrent toutes sortes d'expressions. Les coups d'œil, aimables ou non, cessèrent très vite et le raclement des cuillères reprit. Nous nous installâmes sur l'un des bancs à une table où le couvert avait déjà été dressé. Mireille s'assit en face de nous, et déclara tout en prenant garde à ne pas être entendue :

— Quelqu'un va nous servir...

Une grosse femme à tablier arriva dans la pièce d'un pas militaire. Sans faire l'effort de prendre un ton aimable, elle annonça :

— Soupe de topinambours, betteraves, pain et beurre.

Elle tourna les talons et revint avec une batterie de casseroles qu'elle menait sur un chariot roulant. À grands coups de louche, la grosse cantinière fit le tour de nos assiettes en les remplissant d'un breuvage translucide où voguaient d'infimes morceaux de légumes. Elle passa de table en table, comme une fourmi à la tâche. Il y avait plus de monde que nous l'avions cru. Une quinzaine de personnes étaient attablées et discutaient les unes avec les autres en avalant ce qui venait de leur être servi.

— J'espère que ces gens ne nous feront pas d'ennuis, fit Benoît en soufflant sur le contenu de sa cuillère.

Il fixa Mireille et lui demanda :

— Que faisais-tu avant la guerre ?

— J'étais inscrite au Conservatoire. Je voulais être violoniste.

— Violoniste ?

Nos regards étaient si appuyés qu'elle parut s'inquiéter. Benoît expliqua :

— Mathilde est chanteuse, soprano. Moi, je suis pianiste, et Jacques chante aussi.

— Après manger, dit-elle, je pourrais vous jouer quelque chose, si vous voulez...

Mathilde, Benoît et moi échangeâmes des regards interrogateurs.

— Il ne vaut mieux pas, répondit Benoît, nous préférerions rester discrets et...

— Dans une heure il n'y aura plus personne dans le réfectoire, insista la jeune fille. Nous n'aurons qu'à nous y retrouver!

Je soupirai tandis que Benoît répondait :

— Nous verrons.

XV

Une heure plus tard, le réfectoire avait été déserté par ses occupants. Les bruits de couverts ne reprendraient leur martèlement disgracieux que le lendemain matin, au petit déjeuner. À présent, le silence était total, Benoît sortit la salle de son engourdissement nocturne en allumant la lumière. Un halo blafard flanqua aux murs décrépis des couleurs ternes. C'était vraiment un lieu sinistre.

— Voici notre salle de spectacle! s'écria mon ami avec un air grandiloquent comme s'il avait eu en charge de nous faire visiter l'Opéra Garnier. Ce soir, nous jouerons à guichet fermé!

Mathilde souriait, visiblement ravie de nous voir ainsi nous amuser après tant de drames vécus. Mireille arriva, son étui à violon sous le bras. Elle le posa doucement sur une table, défit les attaches et sortit l'instrument avec la plus grande précaution. Nous restâmes un moment en extase devant cet instrument visiblement choyé par sa propriétaire.

— Il est magnifique! s'exclama Benoît manifestement très impressionné.

— C'est un Stradivarius, lui confia humblement la jeune fille.

La chose m'était inconnue :

— Un Stradi... quoi? demandai-je.

Mathilde sourit :

— C'est un instrument exceptionnel fabriqué par l'un des plus grands luthiers du monde : Antonio Stradivari.

La jeune fille rougit et déclara avec beaucoup de fierté :

— C'est mon père qui me l'a offert.

Il était si beau que nous ne pouvions le quitter des yeux. Flattée, la jeune musicienne nous expliqua les matériaux précieux qui avaient été choisis en fonction de leurs attraits sonores et mécaniques. De toute évidence, elle maîtrisait son sujet : de par une sélection draconienne, ces matériaux avaient permis de créer un instrument d'une beauté exceptionnelle : épicéa de moyenne montagne, érable ondé, buis, palissandre, ébène, os, ivoire... L'épicéa avait été employé pour la table, la barre et l'âme ; l'érable pour le fond, les éclisses, et le chevalet ; le palissandre pour les chevilles et le bouton. Devant tant de mots étranges, la tête me tourna.

— Et l'archet ? demanda Benoît, bien plus intéressé que moi par ces arcanes musicaux.

— C'est du crin de cheval, lui répondit-elle, de pur-sang !

Elle coinça l'instrument entre son épaule et son menton.

D'un geste, je l'arrêtai dans son élan.

— Tu ne vas pas jouer tout de même ? Cela va faire venir les curieux et nous ne voulons pas que le patron...

— Ça ne risque pas, dit-elle en souriant. À cette heure-ci, il est complètement rond.

Je fixai Mathilde qui me répondit par un geste las. Je crois qu'elle aussi avait besoin, tout comme nous, d'un instant de détente. La tension à laquelle nous avions été soumis ces derniers jours ne devait pas venir à bout de notre moral.

Les doigts de la jeune fille saisirent donc l'archet. Nous étions tous suspendus à elle, en attente de ce qui allait se répandre à nos oreilles. Dernier mouvement avant l'interprétation : Mireille bascula la tête en arrière et secoua sa longue chevelure pour ne pas être gênée. Enfin, elle était prête et se mit à jouer.

Et quel jeu... Elle débuta par une mélodie chaude et enveloppante où se mêlaient gravité d'intonation et souplesse. Bientôt le rythme s'accéléra, un jeu volontairement sec, mais sans restriction d'effets : une profusion de notes. L'archet allait son chemin, revenait sur ses pas, arpentait, courait, dansait. Nous étions ébahis, émerveillés par autant d'audace et de beauté. Et ce n'était pas fini : le tempo se détendit soudain. La virtuosité n'avait d'égale que le lyrisme profondément humain qui se dégageait de l'instrument. Si bien que par instants, j'eus l'impression d'être transporté loin de notre misérable condition. Mireille nous faisait face et jouait les yeux fermés, entraînée dans une odyssée musicale pendant laquelle elle retrouvait très certainement ceux qu'elle aimait et qu'elle avait perdus. Pour la première fois, je décelai dans l'expression du regard de mon ami Benoît un sentiment que je ne lui connaissais pas. Ses yeux demeuraient rivés à cette jeune fille d'une beauté sans pareille, et dont les traits du visage vibraient au rythme de ses notes. Mon ami était visiblement très touché par ce lyrisme déchirant, et par le vibrato de cette artiste qui colorait les notes plaintives en leur offrant une tendresse bouleversante. Elle insufflait le plus naturellement du monde à son interprétation une incroyable force émotive. Benoît en était subjugué. Il vivait cet instant au plus profond de lui-même. Et j'eus la nette impression que, tout comme elle, il s'était embarqué pour un monde musical d'où il ne souhaitait pas revenir. Pourtant, la main s'arrêta après une succession de notes apaisantes, et l'archet fut levé. Mireille souriait :

— Alors ?... Ça vous a plu ?

Devant notre silence, elle crut que nous n'avions guère apprécié son récital. Son sourire s'effaça. Mais Mathilde, elle, n'avait pas perdu le sien :

— Merveilleux, dit-elle en frappant dans ses mains. C'était merveilleux !

Mireille parut soulagée et satisfaite. Benoît n'en revenait pas :

— Quel jeu ! C'est incroyable !...

— Et si on chantait ? proposai-je alors.

— Hors de question, me répondit Mathilde, affolée.

— Mais pourquoi ?

— Ne jouons pas avec le feu, c'est tout.

— Personne ne peut nous entendre, argumenta Mireille. Le patron est saoul et les chambres sont assez éloignées du réfectoire. Je le sais parce que je joue souvent ici, et les autres ne me l'ont jamais reproché.

Mathilde soupira et abdiqua une fois encore :

— Offenbach, tu connais ?

— Oui. Je connais quelques airs de French cancan.

— On va se débrouiller là-dessus et t'accompagner en chantant...

Débuta alors cet air festif et bouillonnant composé par un homme dont l'histoire reflétait les temps troublés que nous connaissions : Allemand naturalisé Français, juif converti au catholicisme ! Les minutes qui s'ensuivirent furent à couper le souffle. Nous accompagnions les harmonies parfaites de la jeune prodige en tapant joyeusement dans nos mains et en chantant, reprenant une succession de la-la-la... Le tout dans un divin chahut.

Tout à coup, je remarquai que par la porte du réfectoire, se glissant dans la pénombre, quelques curieux attirés par les rythmes impétueux entraient les uns après les autres. Il s'agissait là des ouvriers de la verrerie qui venaient se joindre à nous, irrésistiblement attirés par cette fougue musicale. Certains souriaient timidement, réfrénant l'envie de taper dans leurs mains ; d'autres marquaient l'étonnement, mais ne tardaient pas à se laisser convaincre par ce jeu qui ne laissait personne indifférent. Bientôt, un véritable public nous écoutait. Lorsque Mireille acheva le morceau et que nos voix cessèrent, une salve d'applaudissements généreux et enthousiastes emplit la salle.

Puis ce fut le silence. Mathilde chuchota quelques mots à l'oreille de Mireille, qui acquiesça. Elles venaient de se mettre d'accord sur le prochain morceau. Nous nous attendions à ce qu'il soit plus intimiste, plus émouvant. Mathilde apparut seule aux côtés de la musicienne, Benoît et moi étions à l'écart. Les gens étaient assis, ou debout adossés aux murs. On attendait. Le morceau débuta par des notes plaintives et déchirantes, la mélodie s'annonçait aussi profonde qu'une poésie. La voix de

Mathilde épousa le rythme et les expressions de son visage évoluèrent au gré de son interprétation vocale. Nous étions tous sous le charme, formant un cercle de spectateurs attentifs et émerveillés. Mathilde était plus belle encore quand sa voix se chargeait d'émotions musicales. En l'observant, je me rendis compte à quel point je l'admirais. Mathilde Lemercier : grande chanteuse internationale qui avait fait battre le cœur de spectateurs fortunés chantait avec autant de force et de sincérité, ici même, dans cette salle dépourvue de tout, face à des innocents touchés par la guerre. Mathilde Lemercier : courageuse et combative, jamais à court de moyens, la chanteuse autrefois adulée des plus grands ne se laissait nullement impressionner par la modestie de cette représentation, jouant au contraire sur son effet de spontanéité. Je souriais en la regardant, sans être conscient qu'en cet instant des torrents de larmes gonflaient mes yeux. Comme j'étais fier! Benoît sourit en me voyant si ému. Lorsque le chant se termina, la salle applaudit à tout rompre, et Mathilde se mit à rire en saluant son public. Le prénom de Mathilde fut bientôt sur toutes les lèvres, se répandant comme une traînée de poudre à travers les applaudissements fervents. En quelques minutes seulement, elle était devenue comme leur amie.

Je courus sur la scène improvisée et avec une joie débordante, je demandai à l'assemblée :

— Vous voulez faire la fête ?

D'une seule et même voix :

— Ouiiiiiii !

Alors Mireille rit, et entonna un air entraînant. Façon « chanteur troupier », j'improvisai quelques paroles canailles où je racontais des histoires drôles en respectant rimes et vers. Tout le monde riait. La musique devint plus festive encore et quelques personnes poussèrent les tables. On se mit à danser, à taper des mains, à rire plus fort encore. Je m'amusais tout comme eux, pensant tout de même dans un petit coin de ma tête, que j'aurais tant aimé que ma mère, mon père et ma sœur soient présents à mes côtés. Comme j'aurais aimé...

Finalement, après quelques autres morceaux endiablés, la fête toucha à sa fin. Mathilde vint vers nous et nous suggéra comme notre mère l'aurait fait :

— Il faut aller se coucher, demain, nous avons du travail.

Le morne réfectoire se vida peu à peu de ses spectateurs d'un soir. Nous regagnâmes notre chambre avec ce sourire joyeux qui prolongeait l'instant de bonheur que nous venions de vivre. En me débarbouillant le visage dans le lavabo, j'aperçus derrière moi, dans le reflet du miroir, un garçon assis sur le lit, l'air absent. Je me retournai pour l'observer plus en détail. Benoît était triste. Mathilde n'étant pas encore remontée, je me trouvai seul quelques instants avec lui. Je me rapprochai tout en m'essuyant le visage avec une serviette :

— Ça ne va pas?

— Si... si.

Il fit l'effort d'un sourire et d'un mot optimiste pour ne pas m'inquiéter :

— Quelle soirée! On s'est bien amusé...

— Ouais. Et cette fille, Mireille, quelle musicienne!

Comprenant que je le taquinais, il me fixa avec des yeux courroucés puis finit par sourire à nouveau.

— J'aurais tellement aimé lui montrer ce que je sais faire au piano, dit-il.

— Ne t'inquiète pas. Tu en auras l'occasion un jour.

Je posai la serviette sur le rebord du lavabo. Et en prenant soin de bien m'éloigner de mon ami, je chantonnai sur un ton railleur :

— Benoît, il est amou-reux, Benoît, il est amou-reux !

— Crapule !

Mathilde entra à ce moment-là et ne manqua pas de nous rappeler qu'il était temps de dormir. Puis elle éteignit la lumière.

— Demain matin quelqu'un viendra nous réveiller, déclara-t-elle une fois couchée. Bonne nuit.

— Bonne nuit Mathilde, répondis-je.

Benoît qui était à côté de moi ne dit pas un mot. Je mis du temps à m'endormir, mais pas autant que lui : il n'en finissait pas de se retourner dans le lit. Il avait été marqué par la grâce d'une jeune fille, belle et talentueuse. Il rêva sûrement d'elle, d'une musique commune et d'un grand concert devant un parterre d'hommes et de femmes en tenue de soirée. Quand la guerre serait finie, tous nos rêves seraient réalisables. Les miens furent en cette nuit portés par une certitude de retour à la paix, et je revis mon père jouant un dimanche après-midi à la boule de fort, se disputant le point avec son meilleur ami. Mais quand donc finirait cette maudite guerre ? Quand finirait-elle ?

Au matin, vers sept heures, une voix claironna en même temps que la lumière jaillit dans la chambre :

— Debout ! Petit déjeuner dans un quart d'heure !

Benoît traînait, je le secouai :

— Hé ! Debout, faut pas tarder !

Il ronchonna puis s'étira en bâillant.

— Quoi ? Y'a pas école !

— Non, crétin, il y a du travail !

Mathilde était déjà debout, parfaitement réveillée.

— Allez tous les deux, levez-vous !

Après une toilette rapide et un petit déjeuner frugal, nous retrouvâmes Mireille qui nous conduisit à l'atelier. Celui-ci se situait au bout du couloir, à quelques portes du réfectoire. Des ouvriers se pressaient à l'intérieur. C'était une salle immense avec deux grosses lampes vissées au plafond qui fonctionnaient au gaz et qui produisaient un sifflement désagréable. Le personnel en activité était trop affairé pour s'intéresser à nous. Hommes et femmes, tout le monde portait un tablier bleu noué à la taille.

— Au boulot ! cria quelqu'un.

C'était le patron. Il nous envoya des tabliers à la figure et beugla :

— Enfilez ça ! Et secouez-vous, je ne vous paye pas à rêvasser !

Il avait toujours cette même allure et ce désespoir funeste au fond des yeux.

— C'est Gino qui va vous montrer le boulot.

Il appela :

— Gino ! Gino !

Un type basané arriva d'un pas tranquille.

— Oui patron ?

— Montre-leur ce qu'il faut faire. Et veille à ce qu'ils le fassent bien !

— Oui patron.

Il nous emmena quelque part dans le dédale de l'atelier et nous expliqua comment le travail s'organisait.

— Là, il y a la verrerie.

Nous regardâmes, fascinés, un homme qui soufflait dans un manchon, produisant à l'autre bout de son tube une bulle cylindrique dont il coupa les deux extrémités. Il la fendit sur toute sa longueur. Le cylindre ouvert fut placé dans un four pour y être complètement déroulé. Puis il fut transformé en une feuille à peu près rectangulaire. Il faisait chaud malgré l'heure matinale, et plusieurs fours fonctionnaient déjà à plein régime. L'homme travaillait vêtu d'un tricot de corps souillé, le visage couvert de sueur. Il s'épongea.

— La réalisation d'un vitrail passe par de nombreuses phases, expliqua notre guide. Il y a le relevé des mesures, la maquette, le carton, le calque, le tracé et le calibrage. Ça, c'est pour commencer. Mais ensuite, il y a toute la coloration et la découpe, sans oublier l'assemblage et le sertissage si c'est nécessaire. Suivent encore la peinture, la gravure, la cuisson, le sertissage définitif et, pour finir, la pose.

Il désignait du doigt les divers endroits de l'atelier où ces tâches étaient accomplies.

— C'est ça l'art du vitrail, scanda l'homme qui

se parlait à lui-même tant nous étions dépassés par ce vocabulaire savant.

— Et nous, qu'est-ce qu'on doit faire dans tout ça ? demanda Benoît un peu inquiet.

— Je vais vous montrer.

Il nous fit presser le pas à travers le vaste atelier, et nous pûmes constater que l'art du vitrail passait effectivement par des étapes techniques très distinctes. C'était à croire que les ouvriers provenaient de corps de métier totalement différents. À première vue, nous aurions pu penser que les tâches accomplies n'étaient pas liées les unes aux autres. Pourtant, elles étaient toutes nécessaires pour donner ce résultat fin et élégant. La verrerie exigeait en effet des méthodes basées sur le gros œuvre : maniement du sable, découpage du verre. Un peu plus loin dans un endroit plus calme, nous assistâmes à la préparation de la maquette. Il s'agissait d'une esquisse en couleur, qui devait donner l'aspect du futur vitrail en représentant dans le détail les personnages et la décoration, ainsi que les différentes couleurs. Chaque étape exigeait un travail minutieux.

À l'autre bout de la grande salle, une porte en fer

à double battant donnait sur l'extérieur. Dans une cour, un tas de sable gigantesque nous fit lever la tête. À côté, des tamis s'empilaient dans un casier.

— Prenez les tamis, ordonna Gino sans excès d'autorité. Maintenant, je vais vous montrer comment faire !

Je fis une mine effarée en observant l'ampleur de cette montagne de sable, et demandai :

— Vous allez nous faire tamiser tout ça ?

— Bien sûr ! C'est un sable de récupération, il est plein d'impuretés. Faut donc le tamiser si on veut faire du beau verre !

Mathilde et Mireille se tenaient à côté de moi. Benoît semblait complètement ahuri. C'est alors que Mathilde murmura :

— Allons, courage ! On va y arriver !

— Avec tout ce sable, on va pouvoir refaire les vitres de toute l'Allemagne, si un jour on les bombarde ! plaisantai-je avant de me mordre les lèvres en scrutant Gino du coin de l'œil. Et s'il sympathisait avec l'ennemi ?

Mais Gino se contenta de sourire puis nous montra comment procéder.

— Vous voyez ? C'est pas bien compliqué !

— Ah ça non, ironisa Benoît, c'est pas bien compliqué !

Gino s'éloigna avec un air amusé en nous souhaitant bonne chance.

— Je reviendrai en fin de matinée pour voir si tout va bien, ajouta-t-il.

Il retourna à ses occupations. Benoît plaisanta :

— La guerre sera terminée quand on aura fini !

À quatre, l'activité avança finalement avec un bon rendement. Nous n'étions pas parvenus à bout du tas de sable à midi, mais ce fut le cas en fin de journée. Nous étions épuisés, dégoulinants de sueur et couverts de poussière. Il était temps de profiter d'un bon repos. Gino arriva vers nous avec une mine satisfaite.

— Je vois que vous avez réussi à tout faire. Vous vous êtes bien débrouillés. C'est fini pour aujourd'hui. Demain, c'est dimanche : reposez-vous, et à lundi !

Nous quittâmes l'atelier avec une certaine gaieté. Il y avait des douches sur le palier, à proximité des chambres. Nous dûmes patienter car la file d'attente était longue, et des règles très strictes permettaient aux anciens d'être prioritaires sur les autres. Par chance, l'eau était chaude à mon passage et une âme charitable me prêta un savon.

Une heure plus tard, nous retrouvâmes Mireille dans notre chambre et nous apprîmes qui elle était...

XVI

Les cheveux blonds de Mireille étaient encore mouillés. Elle achevait de les brosser en s'observant dans le miroir de notre chambre, fixé au-dessus du lavabo. Mathilde avait reçu pour consigne d'aller trouver l'un des contremaîtres qui devait lui confier notre dû pour la journée. Nous attendions son retour assis sur le lit.

— Demain, c'est dimanche, fit remarquer Benoît à Mireille. Tu iras à l'église ?

La main qui tenait la brosse s'arrêta net.

— Euh... Je ne crois pas non, je n'ai jamais cru en Dieu...

La réponse semblait avoir été préparée et Benoît s'en amusa :

— Ne t'inquiète pas, Mireille. Nous avons deviné... Mathilde et moi on est juifs. Tout comme toi.

Elle posa la brosse sur le lavabo et vint s'asseoir à mes côtés.

— Vous êtes juifs ? demanda-t-elle. Alors, est-ce que vous avez une idée de ce qu'il a pu arriver à mes parents ?

La question était si brutale que Benoît s'en trouva très embarrassé.

— Eh bien... Je... Où ont-ils été arrêtés ?

— Au Mans. J'étais partie à mon cours de violon. Quand je suis revenue, ils n'étaient plus là...

Elle baissa la tête et nous la vîmes très affectée. Benoît regretta amèrement d'avoir abordé ce sujet.

— Je sais ce que tu ressens, dit-il, mes parents aussi ont été arrêtés. Il faut que l'on se soutienne. C'est important.

Il s'approcha de la fenêtre et observa le paysage nocturne duquel quelques rares lumières émergeaient timidement.

— Un jour la guerre sera finie, poursuivit-il. On pourra tout faire comme avant...

— Tu crois vraiment ? reprit la jeune fille.

— Oui. On pourra jouer de la musique, chanter, boire de la limonade. Enfin, être libre quoi !

— J'aimerais bien être libre, fit-elle avec un air songeur. Depuis tout ce temps que je suis sur la route...

— Tu as beaucoup voyagé ? lui demanda Benoît.

— Oui. Mes parents ont été arrêtés il y a plus d'un an et demi. J'ai quitté Le Mans et j'ai réussi à faire des petits boulots à droite et à gauche. Mais je n'ai pas de papiers, enfin j'en avais, mais le mot « Juif » était écrit dessus. Alors, je les ai jetés.

À présent, dehors, c'était le noir complet. Plus une seule lumière n'était perceptible. Je me levai pour fermer les volets et tirer les rideaux.

— Il fait froid, dis-je sans faire preuve d'à propos. Mais où est donc Mathilde ?

À cet instant, la porte s'ouvrit et notre protectrice entra avec un large sourire aux lèvres.

— De l'argent pour tout le monde ! Et ce n'est pas tout...

Elle tenait dans sa main une bourse qui devait contenir quelques pièces de monnaie, mais portait aussi sous son bras une miche de pain. Dans son autre main, je distinguai, sans trop y croire, un gros pot de confiture !

— Confiture de fraises ! déclara-t-elle en nous présentant fièrement le récipient. Et il y en a pour tout le monde…

Dès qu'elle remarqua le visage affligé de Mireille, son sourire s'effaça :

— Que se passe-t-il ? demanda-t-elle.

— Nous parlions des parents de Mireille, répondit Benoît. Ils ont été arrêtés, comme les miens.

— Je vois, fit Mathilde en s'asseyant à côté d'elle.

Elle lui caressa la joue du revers de l'index. Et lui dit d'une voix très douce :

— Allons… Maintenant, on va s'occuper de toi. Tu verras, ensemble, on est beaucoup plus fort…

La jeune fille esquissa un sourire alors que ses yeux étaient encore emplis de larmes.

— Tu veux de la confiture ? demanda Mathilde pour changer de conversation.

— Pourquoi pas…

Mathilde rompit un morceau de pain et fit couler dessus l'onctueux mélange vermillon.

— Tiens, regarde-moi ça si ça n'a pas l'air bon…

Mireille attaqua à pleines dents, tandis que Mathilde la regardait faire d'un air attendri.

— À votre tour les garçons !

Nous trouvâmes dans le goût suave de cette confiture un peu de joie et de réconfort. Après notre festin imprévu, Mathilde nous raconta quelques anecdotes, illustrant ce que fut son parcours de chanteuse à l'époque où elle voyageait de par le monde. Ses histoires nous changèrent les idées, et c'était bien de cela dont nous avions le plus besoin.

Le jour chômé du dimanche se passa paisiblement, de même que les jours suivants. Le travail à l'atelier se déroulait sans incident. Si nous étions épuisés chaque soir, nous n'en étions pas moins satisfaits. Bien sûr, notre activité différait largement de celle de maître verrier, car on nous confiait surtout les tâches de manutention. Mais nous participions à notre façon à la construction d'une œuvre artistique que bon nombre d'yeux auraient un jour plaisir à admirer. Les semaines s'écoulèrent sans que nous ne revîmes Claude Favier, pas plus que les papiers qu'il nous avait promis. Mathilde s'en inquiéta, mais fit de son mieux pour ne pas nous le montrer.

Les ouvriers discutaient surtout au moment des repas. Un jour, l'un d'eux, peut-être plus bavard que les autres, confiait à qui voulait l'entendre que l'Allemagne avait perdu une bataille décisive contre les Russes. Dans une ville du nom de Stalingrad, les morts se comptaient par dizaine de milliers. Les combats avaient débuté depuis longtemps ; mais en ce début de mois de février 1943, la BBC venait d'annoncer que le général allemand von Paulus avait abdiqué devant l'Armée rouge. Cette nouvelle se répandit comme une traînée de poudre dans tout l'atelier, et un jour où le patron avait dû quitter les lieux, une femme un peu rondouillarde monta sur une table au milieu de l'atelier et entama d'une voix puissante une Marseillaise spontanée mais résolument sincère. Les visages se levèrent un à un ; les ouvriers qui étaient assis se mirent debout, des mains firent taire toutes les machines et les coups de maillet cessèrent. La chanson gagna les cœurs des hommes et des femmes qui mêlèrent naturellement leurs voix à celle de cette Marianne improvisée. Devant un esprit aussi solidaire et républicain, devant autant de cœur et d'enthousiasme, je pleurai à chaudes larmes. Car l'espoir de retrouver un jour ma France libre devenait soudain chose possible.

— Vive la France! cria quelqu'un à la fin du chant.

— Vive la France! répondit calmement Mathilde.

Après cet épisode inattendu, le travail reprit peu à peu, comme tous les autres jours.

Les mois et les saisons défilèrent. Nous organisâmes nos vies, nous adaptant tant bien que mal. L'ouvrage avançait à un rythme régulier, et nous progressions rapidement dans notre apprentissage. Quelquefois, un ouvrier nous posait des questions sur nos vies, mais nous demeurions vagues, ou imaginatifs. Sans papiers, nous n'avions pas d'autre possibilité que d'attendre et de travailler. Nous discutions avec Mireille, apprîmes à mieux la connaître, et notre amitié s'en renforça d'autant. Un dimanche, je surpris Benoît qui lui parlait en tête à tête. Se croyant seuls, ils s'étaient rapprochés l'un de l'autre. Je m'éclipsai au moment où leurs lèvres étaient sur le point de se rejoindre...

L'année se déroula donc sans véritable difficulté. Nous cultivions si bien notre discrétion que personne ne se soucia vraiment de savoir qui nous étions. Pour l'ensemble des ouvriers, Mathilde avait perdu son mari à la guerre, et elle élevait seule ses deux enfants. Les relations avec le maître verrier se limitaient à de brefs échanges. De temps à autre, sous l'emprise de la boisson, il essayait subrepticement de coller un baiser dans le cou d'une ouvrière. Quelques-unes étaient consentantes, beaucoup ne l'étaient pas. Mireille avait sa préférence. Plus que toutes les autres, il aurait aimé l'approcher. Plusieurs fois, je surpris son regard fiévreux s'attarder sur notre jeune amie. Quand l'approche se faisait trop pressante, Mireille se montrait revêche, voire brutale. Le bonhomme gardait ses distances et renonçait pour l'instant, toujours frustré de ne pas avoir eu gain de cause.

Une nuit, au début du printemps 1944, je fus réveillé par des cris étranges, une sorte d'appel au secours entrecoupé d'interjections et de plaintes. Dans un premier temps, je crus que je rêvais. J'ouvris les yeux en grand et entendis plus distinctement les cris. Une jeune femme implorait, la voix entrecoupée de sanglots. Des râles lui revenaient en écho, ceux d'un homme qui ne parlait pas mais grognait comme un ours. Dans notre chambre, tout le monde dormait à poings fermés. J'entrepris de secouer Benoît afin de le réveiller. Il finit par ouvrir les yeux à son tour :

— Hein ?

— Écoute ! T'entends ?

— Quoi ?

— Bon sang, écoute !

Il se redressa dans le lit, et comprit très vite ce qui se passait à quelques portes de notre chambre.

D'un coup, il rabattit les draps et fut sur pied.

— Ça vient de la chambre de Mireille, chuchota-t-il.

Mathilde dormait, nous prîmes soin de ne pas la réveiller.

— Allons voir, fit Benoît sans perdre un instant.

Dans le couloir, les propos de Mireille nous parurent plus clairs :

— Non ! suppliait-elle. Non... laissez-moi. Laissez-moi !

Sa chambre n'était guère éloignée de la nôtre et la porte était entrouverte. Benoît l'écarta un peu plus et nous entrâmes. La flamme d'une lampe à pétrole éclairait les contours d'un spectacle épouvantable. Les ombres diaboliques et surdimensionnées d'un homme-animal dessinaient des formes inquiétantes sur les murs immaculés. Une photo au-dessus du lit immortalisait un couple en tenue de mariés : les parents de Mireille. Ils assistaient bien passivement à ce que subissait leur fille. La masse mouvante et frémissante d'un homme nu s'agitait pitoyablement sur un corps à peine visible. L'assaillant était si massif qu'il couvrait presque entièrement la silhouette de sa victime dont le visage cramoisi émergeait à peine de l'ombre. Nous vîmes immédiatement l'effroi dans son regard et tout ce que ses yeux pouvaient contenir de larmes.

— Laissez-moi, pitié !

L'homme râlait et n'entendait pas. Son corps s'agitait de plus belle. Je percevais la respiration de Benoît qui se fit saccadée. Il entra à pas feutrés, je le suivis. À côté de la lampe à pétrole se trouvait une bouteille et le reste d'une bougie coincée dans le goulot. L'homme était trop occupé pour nous apercevoir, ou plutôt trop saoul. Benoît saisit la bouteille et s'approcha de lui. Mais, je ne sais pour quelle raison, le geste qui devait libérer Mireille tardait. Je sentais la haine monter dans le cœur de mon ami, le rythme de sa respiration s'accélérait au point qu'elle devenait perceptible pour tout le monde. Il tenait la bouteille serrée dans sa main levée. Malgré sa colère et sa rage, quelque chose l'empêchait d'agir. Devant son inertie, je lui lançai d'une voix fébrile :

— Qu'est-ce que t'attends ? Vas-y !

Il ne bougea pas.

— Vas-y, bon sang !

La crapule m'entendit. Il tourna la tête et maugréa de sa voix de soûlard :

— Hein ? C'est qui qu'est là ? C'est qui ?

À cet instant, Benoît leva la bouteille et son bras s'abattit de toutes ses forces sur le coupable. Le verre éclata et des morceaux volèrent un peu partout. Le coup porté à la nuque fut décisif, et l'homme s'affala lourdement. J'essayai aussitôt de dégager Mireille.

— N'aie pas peur, c'est moi, c'est Jacques !

Benoît me prêta main-forte et nous délogeâmes le corps de l'ivrogne afin qu'il tombe du lit. À cet instant, la porte d'entrée s'ouvrit brusquement et Mathilde fit irruption :

— Mon Dieu !

Il ne lui fallut qu'un bref instant pour comprendre. Elle prit aussitôt Mireille dans ses bras et l'aida à s'envelopper dans une couverture.

— Mireille, ça va ?

Mais la jeune fille pleurait tellement qu'elle ne pouvait répondre. Mathilde la fit s'asseoir sur le lit, puis le contourna afin de se pencher sur le corps du coupable.

— Malheur, c'est Gaston Monnier ! s'écria-t-elle d'une voix étranglée. Et il est mort...

— Mort ? répétai-je.

Les bruits avaient alerté les occupants des chambres voisines. Tout le monde était réveillé, et on s'attroupait dans le couloir jusqu'au seuil de la porte où personne ne voulait renoncer à sa part de spectacle.

— Dégagez ! cria Benoît, fichez le camp !

Il était furieux, frappé d'un état de colère que je ne lui connaissais pas.

Mathilde me fixa droit dans les yeux et sentant que j'étais celui qui pouvait encore raisonner le mieux, elle m'ordonna :

— Il faut partir, maintenant. Les gendarmes

vont venir. On nous interrogera et ils comprendront qui nous sommes. Allons-nous-en, vite !

Il fallait se frayer un chemin à coup d'épaule, tant les curieux qui encombraient le couloir étaient nombreux. À l'intérieur de notre chambre, nous réunîmes le strict nécessaire et nous changeâmes en quelques minutes. Une fois sur le palier, Mathilde déclara :

— Maintenant, il faut sortir.

— Et les contrôles allemands ? demandai-je.

Elle ne me répondit pas. Mais je savais que, sans papiers, nos chances de survie étaient infimes. Nous descendîmes les escaliers quatre à quatre. Mathilde soutenait Mireille qui était encore sous le choc. Dehors, un vent glacial balayait la nuit plongée dans un silence sinistre. Nous pressâmes le pas, nous orientant à la faveur du clair de lune. À peine avions-nous parcouru une dizaine de mètres, qu'une voiture surgit d'un carrefour.

— Cachez-vous ! ordonna Mathilde.

La traction s'arrêta devant le porche qui menait à l'atelier. Des hommes en civil descendirent.

— Nous avons été trahis, lança Mathilde, la Gestapo est là ! Filons.

Je sentais mon cœur battre de plus en plus vite. Mathilde essaya bien d'accélérer la marche mais Mireille avait trop de mal à avancer. Benoît ne cachait pas sa peur, ses yeux fouillaient sans cesse les alentours, attentifs au moindre mouvement de l'ennemi. Nous étions à découvert dans cette rue; sans aucune possibilité de nous cacher ni de nous mettre à l'abri : si une autre voiture arrivait, nous serions pris au piège et ne pourrions nous enfuir.

C'est alors que deux tractions surgirent d'un angle de rue. Elles passèrent à toute vitesse devant nous. Les passagers nous aperçurent, et stoppèrent aussitôt les voitures à quelques distances de nous.

Bruits de portières, quelqu'un hurla :

— *Keine Bewegung!*

— Fuyez! vociféra Mathilde, fuyez!

Elle s'offrait en sacrifice à l'ennemi. Des coups de feu éclatèrent, des mots furent criés en allemand. Mathilde se rua au sol avant qu'une balle ne l'atteigne et sortit de je ne sais où ce pistolet que lui avait confié le colonel Harrington. Benoît agrippa Mireille, et nous nous mîmes à courir. Des hommes de la Gestapo arrivaient d'un peu partout. Je me retrouvai soudain seul au milieu de cette route. Des balles sifflèrent autour de moi. Dans la panique, je trébuchai et je me retrouvai à plat ventre sur l'asphalte. Je mis aussitôt mes mains derrière la nuque car des bruits de pas résonnèrent sur le goudron. Quelqu'un courait vers moi. Une main décidée m'empoigna et me força à me remettre debout. Un homme hurla des mots en allemand. Je reçus une gifle, puis deux. J'étais si terrorisé que je ne pouvais même pas pleurer. On me poussa vers les voitures et à cet instant, j'aperçus ce corps allongé sur le ventre : Mathilde. Elle n'était pas morte, ou du moins pas encore : un homme lui assenait de puissants coups de pied dans les flancs. À la voir ainsi, inerte, je ne pus la quitter des yeux et sentis une colère froide m'envahir. Cette image, je ne pouvais la supporter.

Je criai :

— Mathilde ! Mathilde !

Je me débattis si violemment que la main qui me maintenait me lâcha un instant. J'essayai de courir vers Mathilde, mais presque aussitôt, un coup violent porté dans le dos m'envoya brusquement à terre. Des doigts s'agrippèrent à mes cheveux, on me tira en arrière et la douleur fut telle que je ne pus faire autrement que de me lever. L'homme criait encore, un second vint lui prêter main-forte. À deux, ils me ceinturèrent aisément. Quelqu'un me flanqua un coup de poing au ventre. La violence du choc m'en fit perdre le souffle et renoncer à toute volonté de révolte. La douleur perdura un long moment. On me poussa dans une voiture. À l'arrière, Benoît et Mireille ne bougeaient pas. Je ne pouvais voir leur visage, mais il y avait du sang sur les vêtements de mon ami. Dans l'auto, un homme donna l'ordre de partir. La voiture quitta les lieux tandis que les deux autres suivaient derrière...

J'ignore combien de temps dura le trajet, ni quelles routes furent empruntées. Mais je savais en cet instant qu'elles conduisaient tout droit en enfer.

XVII

Nous attendions dans un hall, assis sur un banc. Un soldat tapait à la machine et le cliquetis se répercutait contre les murs. J'eus le loisir de constater qu'il s'agissait d'un immeuble de caractère : ensemble marbré et décor clinquant, certainement un hôtel particulier transformé en administration d'occupation. Des hommes et des femmes se croisaient dans les étages, les lieux résonnaient des bruits de bottes, des portes que l'on ferme sans précautions et des conversations en allemand. Malgré l'heure tardive, la police allemande s'affairait encore. Deux gardes nous surveillaient, fusil à l'épaule. J'avais mis mes coudes sur mes cuisses et tenais ma tête entre mes mains. J'entendais Mireille qui pleurait, tandis que Benoît et Mathilde restaient immobiles.

Nous étions vivants mais salement amochés... Mathilde avait le visage tuméfié, elle respirait bruyamment. Soudain, le téléphone sonna sur le petit bureau du secrétaire. Il décrocha :

– *Ja!... Jawohl Herr Standartenführer!*

Il reposa le combiné et donna ses consignes aux gardes. Ils nous menèrent à une porte. Le secrétaire frappa puis nous fit pénétrer dans la pièce. C'était un grand bureau fastueux qui ne pouvait être occupé que par un officier supérieur. Je fus surpris par l'immense tableau qui représentait cet homme à petite moustache, responsable de tous nos malheurs, je n'en avais jamais vu d'aussi grand. Assis derrière son bureau, un officier SS d'une cinquantaine d'années ne prit pas la peine de nous regarder. Il alluma d'abord une cigarette, puis se laissa aller contre le dossier de son fauteuil. Il pointa son doigt sur l'un de nous et demanda :

— C'est vous Mathilde?

Elle garda le silence et la tête baissée. Nous étions debout, les uns à côté des autres, et les gardes se tenaient à deux pas de distance dans notre dos.

— Autant vous le dire tout de suite, poursuivit l'officier, personne ne viendra vous sauver. Tous vos complices sont morts : le prêtre et ses deux frères.

Il laissa planer un silence pour voir l'effet que produirait cette nouvelle sur nos visages.

— Vous comprendrez donc que vous allez mourir, vous aussi... ajouta-t-il.

Mireille n'en finissait pas de pleurer, elle tremblait de plus en plus. Indifférent, l'Allemand continua son discours sur un ton toujours aussi pondéré.

— Vous avez tué Gaston Monnier. Vous avez bien fait. C'est lui qui vous a trahis. Il espérait que nous libérerions sa femme en échange. C'est stupide, elle est morte ici même, il y a quatre jours. Mais ça, il ne pouvait pas le savoir...

Il changea de ton et ouvrit l'un des tiroirs de son bureau pour en sortir des papiers :

— J'oubliais. Nous avons trois fausses cartes d'identité aux noms de Mathilde Aurieau, Benoît Aurieau et Jacques Aurieau. Vous n'avez pas de chance, elles auraient dû vous être livrées aujourd'hui...

L'officier rangea les cartes et fit claquer le tiroir. Il se tourna vers Mathilde :

— Nous ne savions pas, madame Lemercier,

que ces deux garçons étaient vos enfants. Désormais, nous le savons.

— Ce ne sont pas mes enfants, rétorqua-t-elle avec un peu trop de précipitation.

Il ricana doucement et passa à une autre question :

— Qu'est devenu l'officier anglais qui était avec vous ?

La question semblait importante pour lui, sa cigarette était suspendue entre ses doigts et ses yeux allaient et venaient d'un visage à l'autre. Notre silence l'irrita. Ses doigts s'agitèrent sur son sous-main, et il s'adressa encore à Mathilde :

— D'après nos renseignements, nous savons que cet homme est votre amant depuis très longtemps. Vous vous êtes rencontrés à Genève, à l'église de la Madeleine, lors d'un concert de charité... Vous vous souvenez ?

Elle ne répondit pas, il enchaîna :

— Ces deux garçons sont vos fils et l'Anglais est devenu leur père, n'est-ce pas ?

— Ce ne sont pas mes enfants, je n'ai jamais eu d'enfants...

— Vous êtes une bonne mère, c'est bien. Vous

savez depuis toujours que les juifs courent un danger. C'est votre père qui vous l'a appris. Vous avez fait croire à tout le monde que vous n'étiez pas juive et que vous n'aviez jamais eu d'enfants. C'est très habile de votre part...

Il marqua une pause, soupira puis remarqua calmement :

— Voilà, vous êtes quatre, l'un de vous va mourir maintenant.

Il quitta son siège et prit sa casquette suspendue à un portemanteau.

— Je vous laisse le soin de décider qui...

Il posa la casquette sur sa tête, l'ajusta comme il se doit et passa à côté de nous en ajoutant :

— Quand je reviendrai, vous devrez me donner le nom de la personne qui doit mourir.

La porte claqua derrière lui. Les deux gardes lui emboîtèrent le pas. Nous étions seuls dans le bureau.

Mireille vacilla et son corps s'écroula. Je criai :

— Mireille!

Je me jetai aussitôt sur elle et la pris dans mes bras :

— Mireille, tu m'entends?

À cet instant, l'attitude de Mathilde me surprit, car elle ne paraissait pas aussi traumatisée que nous l'aurions cru. Elle traversa la pièce assez rapidement et tenta d'ouvrir les tiroirs du bureau, à la recherche d'une arme, mais il n'y en avait point. Elle se précipita alors vers la fenêtre pour évaluer nos chances de fuir. Malheureusement, nous étions au deuxième étage, et une tentative d'évasion par ici était impossible. J'aidai Mireille à s'asseoir sur l'une des chaises et Benoît lui caressa la joue sans dire un mot. Mathilde se retourna vers nous et déclara :

— Ne vous inquiétez pas. On va s'en sortir. Ils veulent savoir où est le colonel Harrington. Tant qu'ils seront persuadés que nous le savons, ils nous garderont en vie.

Elle s'approcha de Benoît qui semblait avoir été le plus violenté de nous tous.

— Ça va ? lui demanda-t-elle.

— Oui, Mathilde.

— Il faut que tu tiennes. Il faut que vous teniez tous !

La porte s'ouvrit, l'officier entra seul. Il se découvrit et s'installa à son bureau. Il avait apporté un dossier qu'il ouvrit sans précipitation.

— Nous avons des renseignements, dit-il. Inutile de me dire où est votre colonel. Nous le savons.

Il leva les yeux sur nous et poursuivit :

— Il est mort. Cet imbécile a essayé de s'échapper du bureau de la Gestapo. J'ai ici un rapport complet de ses aveux. Tout ce qu'il a pu nous dire est consigné dans ces documents. Vous comprenez?

Mathilde baissa la tête et tenta de contenir son chagrin. L'Allemand n'en avait pas fini :

— Vous serez fusillés demain matin, tous!

Il cria quelque chose en allemand, suffisamment fort pour que les gardes l'entendent de l'autre côté de la porte. Ils entrèrent, s'apprêtèrent à nous faire sortir, quand Mathilde cria :

— Attendez!

L'officier était debout :

— Je vous écoute.

— J'ai quelque chose à vous proposer. Quelque chose qui pourrait bien vous intéresser. À condition de libérer ces enfants.

Il fit le tour de son bureau sans empressement et se présenta face à elle. La gifle qu'elle reçut fut si violente qu'elle en perdit l'équilibre et tomba brusquement en arrière. D'un geste, l'Allemand exhorta les soldats présents à la remettre debout, avant de retourner s'asseoir à son bureau :

— Vous comprendrez, madame, que vous n'êtes pas en position de négocier. Tout ce que vous savez, nous pouvons le savoir. Ce n'est qu'une simple question de temps, et de méthode. Votre vie et celles de ces enfants juifs ne dépendent que de moi. Je pourrais vous tuer, maintenant, si je le voulais.

Il alluma une seconde cigarette et fit signe à l'un de ses sbires d'ouvrir les deux battants de la fenêtre. Je jetais un regard de biais sur Mathilde. Ses cheveux étaient défaits et couvraient son visage ; elle était sonnée. Mais de nous quatre, Mireille était celle qui manifestait le plus de terreur. Debout à côté de moi, ses hoquets prenaient de plus en plus d'ampleur. Elle avait ce regard vide propre à ceux dont la peur est si forte qu'elle en fait perdre la raison. Elle était incapable de se maîtriser.

— Qui es-tu, juive ? lui demanda soudain l'officier. Réponds ! Qui es-tu ?

Mireille bégaya un ensemble décousu de mots et de syllabes qui n'avaient pas de sens, puis renonça à ouvrir la bouche. Ses jambes se mirent à trembler en même temps qu'un mince filet de liquide se mit à couler le long de ses jambes, jusqu'aux mollets, avant de se répandre sur les chaussures et le parquet. Outré, l'Allemand écarquilla les yeux en se redressant, comme poussé par un ressort :

— *Mein Gott, mein Parkett!*

Il fit de grands pas vers elle et lui assena une gifle du revers de la main. Une gerbe de sang jaillit de la bouche de la jeune fille qui tomba brutalement sur le sol.

Mathilde hurla avec rage :

— Sale porc! Vous n'êtes qu'un sale porc!

Il se mit à rire puis s'arrêta net. Il claqua des doigts et agita la main avec agacement pour nous faire signe de déguerpir. Les soldats nous poussèrent vers la porte tandis qu'il s'assit à son bureau afin d'y reprendre tranquillement ses tâches administratives.

Le sous-sol du bâtiment était aménagé en cellules. Il n'y avait plus de vin dans les caves. Un geôlier nous ouvrit la grille, et un soldat nous poussa à l'intérieur. Comme des bêtes craignant le bâton, nous allâmes vite nous blottir dans un coin, pensant que l'obscurité nous protégerait. Benoît parvint à reprendre ses esprits. Mireille continuait à gémir.

Nous étions recroquevillés, tremblant de peur. Il faisait sombre et humide, quelques rares ampoules éclairaient le couloir mais les cellules étaient dépourvues de tout. Nous restâmes ainsi sans rien dire pendant de longues minutes. Si nous étions silencieux, il n'en était pas de même des autres prisonniers. Nous entendions leurs râles, des hommes appelaient, gémissaient, exprimant les souffrances endurées pendant de longues séances de torture. Dans l'obscurité qui nous enveloppait, ces bruits infernaux faisaient encore monter notre angoisse. Mathilde nous prit dans ses bras, comme une mère qui ne souhaite que protéger ses petits. Benoît pleura, longuement. Je répétais comme un fou hanté par l'idée de la mort :

— Mathilde... Mathilde...

Pour ne pas dire maman.

Elle se mit à fredonner une chanson – un poème yiddish, sans doute – tout en imprimant un balancement à nos pauvres corps. À mon tour, je pleurai à chaudes larmes.

De longues minutes s'écoulèrent, des heures aussi probablement. Au milieu de la nuit, des ombres glissèrent sur le sol du couloir. Deux soldats approchaient. Le plus chétif donna un tour de clé. L'autre, une brute épaisse, avança des bras puissants. Il avait une mine de bourreau, c'en était un. Il attrapa Mathilde par l'épaule et l'obligea à se lever. Benoît tenta d'intervenir mais il fut rudement envoyé contre un mur. Ils tirèrent Mathilde hors de la cellule et refermèrent la grille. Nous étions debout, mains aux barreaux. Mathilde tourna la tête vers nous, une seconde, le temps d'un regard. Et là, nous comprîmes : une souffrance innommable l'attendait. Dans ses yeux, il y avait un sourire et une envie de nous apaiser. Bientôt, si la mort ne l'emportait pas, ses gémissements et ses supplications accompagneraient ceux des autres martyrs. Elle fut emmenée et disparut dans le couloir. Comme les lieux résonnaient, je hurlai de toutes mes forces :

— Mathilde !

Mes doigts tremblaient autour des barreaux. Je répétai, abattu :

— Mathilde !

Dans l'angoisse de l'attente, nous finîmes par nous asseoir. Le regard perdu, vide, nous vivions comme un supplice cette séparation insoutenable.

Mais bientôt, l'écho se fit le rapporteur de ses cris. Mathilde n'était pas loin, peut-être dans une salle voisine séparée par une ou deux galeries. Les sons déformés de sa voix ne traduisaient que trop clairement les souffrances qu'elle était en train d'endurer. Nous entendions quelques bribes en allemand, celles du bourreau qui vociférait. Mathilde hurlait. Nous étions anéantis.

Bientôt, les cris cessèrent. Il en est ainsi : quand la douleur devient trop forte, elle entraîne une perte de conscience. Mais le bourreau savait bien qu'il suffisait d'attendre. C'est ainsi que pendant toute une nuit, les hurlements répétés de Mathilde marquèrent les minutes et les heures, cessant de temps à autre, pour reprendre, plus déchirants encore.

Vers l'aube, ce fut le silence. Puis, plus rien.

À nouveau, les ombres apparurent sur le sol de terre battue, les tortionnaires revenaient. Benoît et moi eûmes un geste de recul, telles des bêtes affolées se précipitant au fond de leur cage. Mireille demeurait immobile, en état de choc.

Une fois encore, le gardien fluet ouvrit, et la brute entra, le visage en sueur, les manches relevées et la chemise débraillée. C'était à présent notre tour.

— Non, cria Benoît, non ! Laissez-nous ! Je vous en supplie !

Le bras du bourreau attrapa le premier venu. Ce fut moi. Je tentai de me débattre, mais mes forces étaient dérisoires à côté de ce monstre qui me dépassait de trois têtes. La brute n'eut aucune difficulté à me faire sortir.

Benoît n'en pouvait plus. Il s'agrippa aux barreaux et laissa filer sa haine :

— Salauds ! Espèces de salauds !

Alors que l'on m'emmenait vers l'horreur, je vis courir des images devant mes yeux. Derrière moi, j'entendais encore les appels de Benoît. Je pleurais et criais, la tête me tournait. C'est alors qu'un film étrange se mit à défiler devant mes yeux ahuris : des sourires, et des visages, des instants de bonheur avec ceux qui avaient été les acteurs de mon existence.

– Petite fleur, petite fleur, comme tu es jolie !

La voix de ma sœur Bernadette résonnait en moi. Je la voyais qui jouait, je l'entendais chanter dans le jardin cette comptine si douce et innocente : *Petite fleur, petite fleur, comme tu es jolie !*

Mon Dieu, me répétai-je alors, que les roses sentent bon lorsqu'elles vont éclore...

C'était une pièce sinistre et lugubre, puante et effroyable : une ampoule crasseuse, une chaise, une baignoire pleine d'eau souillée, teintée vermillon. Un officier attendait, les mains croisées derrière le dos. Avant même que l'on me fasse asseoir, il me lança :

— Ta mère est morte.

On m'attacha les mains. Je ne comprenais rien, j'étais terrorisé.

Ici, c'était l'antichambre de la mort. Un lieu qui respirait le cadavre et la souffrance, une sorte de frontière entre la vie et les ténèbres. Je reçus une gifle.

— Comment tu t'appelles?

Une autre gifle.

— Jacques Arnoux.

— Juif?

— Non.

— Tu mens!

Troisième gifle.

— Parle, si tu ne veux pas souffrir... Ta mère est juive, tu es juif! Dis-le!

— Je suis juif...

— Où est l'officier anglais, ton père, où est-il ?

Il répéta :

— Où est l'officier anglais ? Parle !

— Mort...

— Menteur ! Dis la vérité ! Dis la vérité !

Il s'époumonait tant que sa voix me faisait siffler les tympans. La quatrième gifle me fit aussi éclater la lèvre. J'étais sonné, ma tête était penchée en avant comme si je ne pouvais plus en supporter le poids.

L'ombre du bourreau passait devant la lumière, il tournait autour de ma chaise et sa main s'abattait sur moi au rythme des questions. L'officier à ses côtés hurlait de plus en plus fort :

— Qui est Mathilde Lemercier ? Elle a dit que vous n'étiez pas ses enfants... Nous savons qu'elle ment pour vous protéger. Qui est Mathilde Lemercier ?

Je ne pouvais plus répondre. Il le fallait pourtant, si je voulais éviter les coups :

— ... Chanteuse...

— Chanteuse ? Imbécile, nous le savons ! Tu veux mourir ? C'est ça, tu veux mourir ?

Il donna un ordre en allemand et les deux soldats saisirent la chaise et l'approchèrent de la baignoire. Ils allaient m'y pencher mais l'officier les devança par une question :

— Où est l'Anglais ? Où est-il ?

Je ne pouvais plus parler, je n'en avais plus la force. Ils poussèrent ma chaise en avant, la firent basculer et je vis de près cette eau rouge sang dans laquelle Mathilde avait dû pousser son dernier souffle.

Je perçus une nouvelle voix, celle d'un homme qui lui aussi criait en allemand. Les soldats remirent la chaise sur ses quatre pieds. Une conversation anima le groupe d'hommes, d'autres Allemands les avaient rejoints. Celui qui criait contre l'officier brandissait une feuille de papier. Le militaire qui venait de me hurler dessus avait une mine déconfite et un air penaud. L'un de mes bourreaux me détacha les mains. J'étais tellement groggy qu'il m'était impossible de comprendre ce qu'ils se dirent ; même en français je n'aurais su déchiffrer leurs paroles. Je compris simplement que les coups ne reprendraient pas, que ces averses de gifles laissaient place à une éclaircie miraculeuse, brève ou non, mais qui en cet instant m'offrait l'espoir d'un répit. Quelle délivrance...

On me souleva.

J'avais la tête qui tournait et gardai mes yeux baissés. Mes bras étaient suspendus au cou de deux hommes qui me portaient. Je voyais défiler le sol de terre battue et les mêmes couloirs qui m'avaient vu venir : on me ramenait à ma cellule, ou plutôt on m'y traînait. Benoît m'accueillit par un hurlement. Le choc de me voir ainsi le frappa d'horreur. Il cria, pleura, je l'entendis vociférer des insultes. Il me serra dans ses bras en exhalant toute la souffrance et ce sentiment d'injustice qui lui déchirait l'estomac. Le temps d'une haine incommensurable, il bascula dans une brève démence.

Il revint à lui une fois qu'il fut à bout de forces et que ses cordes vocales n'en purent plus.

Puis, la peur et la souffrance m'entraînèrent vers un monde de silence : je m'évanouis. Les odeurs de mort, la cave ténébreuse et ses murs suintant de sang s'embrouillèrent dans ma vision.

Enfin, après un moment – long ou court, je l'ignore – je me réveillai.

XVIII

Les quatre grandes fenêtres alignées les unes à côté des autres laissaient largement présager que le temps serait beau pour le restant de la journée. Nous étions en avril 1944, et les jours profitaient tout naturellement de la clémence d'un printemps qui s'annonçait prometteur.

La dizaine de lits présents sous mes yeux étaient inoccupés. J'étais seul alité dans cette chambrée jusqu'au moment où une infirmière militaire entra. Elle s'approcha de moi, le visage impassible, posa sa main sur mon front, et repartit sans un mot.

Un bref contrôle de mes fonctions vitales et je compris rapidement que dans l'ensemble mon état de santé n'était pas mauvais. Une demi-heure plus tard, la porte par où était sortie l'infirmière s'ouvrit de nouveau. L'officier allemand qui nous avait interrogés dans son bureau traversa l'allée centrale, suivi d'un subalterne.

— Comment se fait-il que tu ne sois pas circoncis ? me demanda-t-il brusquement.

Je ne répondis pas, ignorant le sens du mot. La vue de cet homme me rendait nerveux au point de perdre tous mes moyens. Il poursuivit :

— Nous savons qu'il est possible d'être juif, sans avoir été circoncis...

Devant mon silence, il continua :

— La police française a perquisitionné la chambre où vous étiez chez le verrier. Elle y a trouvé une lettre signée du colonel James Harrington. Nous savons qu'il est votre père. Ta mère a eu tort de le nier. Cela vous aurait évité bien des souffrances...

Je l'écoutais en silence, pensant avec méfiance qu'il tentait de me tendre un piège. Mais le ton qu'il employait était bien différent de celui que j'avais connu. Sa voix était plus neutre.

— Nous avons appris qu'il avait épousé ta mère à Londres, il y a un an.

Je ne comprenais absolument rien à ce qu'il me racontait. Mais je ne voulais en aucune façon le faire répéter ou lui demander des précisions. Toutefois, les choses étaient si confuses et contradictoires que j'émis dès lors des doutes sérieux sur tout ce qu'il avait pu dire : les décès du colonel Harrington et celui de Mathilde devenaient d'un coup hypothétiques. Je décidai alors de ne pas lui faire confiance et de n'accorder aucun crédit à ses propos.

— J'ai reçu l'ordre de vous garder en vie, dit-il. Du moins pour l'instant.

Il avait prononcé cette phrase en faisant un pas en arrière, avant de regagner sans tarder la sortie où il disparut avec son sbire.

C'est ainsi que je restai une semaine dans cette grande chambre d'hôpital, seul et sans aucune nouvelle de mes compagnons d'infortune. Les journées n'étaient rythmées que par les visites d'une infirmière qui venait m'apporter mes repas. Je ne comprenais pas ce qui m'était arrivé. On me retenait ici, alors que mon état de santé ne le justifiait plus. Après les coups et les supplices, voilà que l'on me servait des repas chauds. Impossible de questionner l'infirmière qui se montrait hostile à tout dialogue. Je restai donc là, à ne rien faire, jusqu'au jour où un soldat entra et m'annonça dans un mauvais français :

— Tu pars demain matin, à huit heures.

Pas un mot de plus. Je ne parvins pas à fermer l'œil de la nuit, m'interrogeant sur le sort que l'on me réservait. Je pleurai à chaudes larmes en pensant à Mathilde dont la mort, sans pour autant être certaine, demeurait probable. Où étaient Benoît et Mireille ?

Au matin du huitième jour, deux soldats en armes vinrent me chercher. Ils m'octroyèrent une chemise élimée et exigèrent que je l'enfile sur-le-champ. Une étoile jaune avait été cousue sur la poitrine.

— Je ne suis pas juif !

— Tais-toi !

Je les suivis jusqu'à une cour intérieure où attendait un camion, moteur coupé. Les soldats me firent monter à l'arrière, et grimpèrent après moi. Aussitôt, le moteur rugit.

— Benoît ! m'écriai-je alors en découvrant le visage familier devant moi sans trop y croire.

Il était là, assis sur un banc. À voir sa tête et ses yeux écarquillés, il ne s'attendait pas à me revoir.

Nous rîmes en même temps que nos larmes coulèrent le long de nos visages. Le camion s'ébranla et se remit en route.

— Tu vas bien ? lui demandai-je.

— C'est plutôt à moi de te poser cette question !

— *Zilenze !* cria l'un des deux soldats. *Pas parler !*

Mon ami et moi avions le sourire des retrouvailles et l'espoir que les Allemands n'auraient à présent plus l'intention de nous tuer.

Notre véhicule ralentit sur une allée pavée, sorte de passage privé qui menait à une cour élégante et fleurie. La structure des bâtiments qui l'entouraient rappelait celle d'un hôpital. Le camion s'arrêta. Les gardes demeurèrent immobiles et le chauffeur sortit du véhicule. Il revint accompagné de deux autres gardes qui encadraient une silhouette recroquevillée et une autre plus petite.

— Mathilde !

Elle marchait avec peine et ses yeux étaient baissés. Lorsqu'elle entendit mon appel, elle les releva et un doux sourire égaya ce triste visage. Quand nous vîmes son regard de plus près, nous mesurâmes à quel point son bonheur de nous revoir était sincère. À ses côtés, Mireille avançait, le visage fermé. Elle nous fixait de ses grands yeux d'enfant. À l'arrière du camion, Mathilde s'installa entre Benoît et moi, ses bras nous enlacèrent et nous nous blottîmes tout contre elle. Benoît caressa la joue de Mireille qui ne put prononcer un mot. Dans ses yeux, on pouvait lire son bonheur de nous retrouver, mais aussi la cassure qui figeait son regard. Le camion ne redémarra pas tout de suite. D'autres prisonniers nous rejoignirent : hommes ou femmes, ils portaient tous l'étoile jaune. Les vêtements de Mathilde et de Benoît étaient flanqués aussi de cette étoile.

Les soldats poussèrent ces civils dans le camion, et nous dûmes nous serrer les uns contre les autres car la place venait à manquer. Mathilde s'étonna de voir sur ma chemise l'étoile de David. Elle me fixa d'un air interrogateur, je haussai les épaules sans ajouter de commentaires.

Le camion roula longtemps, très longtemps. Nous traversâmes des villages, empruntâmes de petites routes communales et finîmes par arriver dans la banlieue de Paris. De longues minutes plus tard, sans qu'un seul mot ne fût prononcé dans le camion, on nous fit descendre quelque part en zone urbaine. Des panneaux sur la route nous avaient informés du nom de cette commune à proximité de la capitale : Drancy. Ce nom m'était inconnu. Nous étions face à des bâtiments imposants, implantés en peigne, composés de plusieurs étages. Nous nous arrêtâmes devant une longue bâtisse en forme de U. Les portes et fenêtres reprenaient un schéma à l'identique, les appartements devaient être tous les mêmes. J'aperçus des gendarmes français qui montaient la garde à l'abri de leur mirador. Les lieux étaient entourés d'une double ceinture de fil de fer barbelé au milieu de laquelle passait un chemin de ronde. Dans le camp, des SS en petit nombre assuraient la discipline et la gestion des détenus. J'avais déjà appris à me méfier de ces hommes qui ne semblaient pas éprouver de pitié.

C'est ici que nous allions devoir rester, du moins pour quelque temps. Les détenus déjà présents à notre arrivée parlaient de cet endroit comme étant un camp de transit. Un jour, quelqu'un déciderait d'un lieu où on nous enverrait. Nous attendions ce jour avec une appréhension sinistre.

Dès le début, les conditions de vie s'avérèrent difficiles : maladies, manque d'hygiène et de nourriture. Nous avions faim, un bout de pain et deux pierres de sucre par jour ne suffisaient pas à nous rassasier. Par compassion, quelques détenus généreux nous offraient des vêtements car nous manquions de tout. Nous étions des milliers : hommes, femmes, enfants, certains étaient très jeunes, beaucoup n'avaient plus leur mère. La solidarité se fit parmi les femmes qui prirent en charge la survie des orphelins. Malgré ces conditions très rudes, Mathilde se rétablit peu à peu. Ce qu'elle avait subi auprès des geôliers l'avait tout de même très sérieusement affectée, et son corps en souffrait toujours. Mais nos retrouvailles lui avaient redonné un bon moral. Elle aida, comme beaucoup d'autres, ceux qui avaient le plus souffert. Les enfants, très jeunes et séparés de leurs parents devaient être rassurés. Elle participa à leur toilette, à leur conduite au réfectoire et tenta de redonner à ces esprits déboussolés quelques repères et un peu de réconfort.

Les conditions d'hébergement étaient elles aussi épouvantables : nous vivions dans des bâtiments inachevés au cœur de salles plus ou moins grandes, que nous partagions à plusieurs et dont les fenêtres manquaient par endroits.

Un matin, je faisais les cent pas dans la grande

cour, désœuvré, sans but précis car il n'y avait pas grand-chose à faire. Une tomate était là, abandonnée sur le sol. Esseulée, elle n'attendait que moi. Je crus rêver. D'où venait-elle ? C'était un véritable miracle. Je la ramassai, et la scrutai sous toutes ces facettes. Entre mes doigts salis, j'en appréciai la couleur vive et éblouissante qui me promettait bien des plaisirs. Non, je ne rêvais pas. Je relevai alors les yeux sur une image inattendue, comme un obstacle qui vous prive de lumière : un petit garçon inerte m'observait depuis un moment. Il devait avoir quatre ans. Nous nous scrutâmes en silence. Dans son regard, je décelai sans peine le manque : de nourriture autant que d'affection. Sa figure était terriblement sale, et ses vêtements crasseux. Il était évident que pour lui, manger était plus vital que pour moi. Mais la tomate me souriait, m'invitait à la goûter et à me délecter de son nectar. Après tout, je l'avais trouvée, elle m'appartenait. Mais les yeux de l'enfant me fouillaient, me dérangeaient. Je finis par lui dire :

— Tiens, prends-la.

Le ton n'était pas celui de quelqu'un qui offre avec plaisir.

— Va-t'en maintenant! ajoutai-je d'une voix des plus fébriles. Va-t'en!

Je savais qu'à tout moment, je risquais de la lui reprendre. Il ne sut quoi dire et me fixa avec un air hébété. Je m'éloignai en baissant la tête.

Quelques jours après, une batterie de coiffeurs improvisés débarqua pour venir raser le crâne des détenus âgés de plus de quinze ans. Les femmes en furent dispensées. On nous coupa les cheveux, à Benoît et à moi. Une rumeur circulait comme quoi, une fois à destination, les Chleuhs brutalisaient tous ceux qui auraient échappé à la tonte. Je souffrais, parce que les outils du coiffeur étaient en piteux état et qu'il avait le geste pressé. Nous étions plusieurs centaines à devoir nous soumettre à la lame des ciseaux. Quand ce fut au tour de Benoît, je le regardai comme on détaillerait un être venu d'ailleurs, d'un autre monde. Ses cheveux tombaient au sol par touffes entières qui s'amoncelaient aux pieds de la chaise. Sans cheveux, mon ami avait un autre visage, et j'éprouvai un sentiment étrange devant cette mutation totale. Nous devînmes tous méconnaissables, et cette expérience me donna l'impression que l'on voulait nous priver de notre identité, et faire de nous des êtres sans âme qu'une usine aurait produits à la chaîne.

Après trois semaines de détention, on nous informa que nous allions repartir. Mathilde, Benoît et moi, nous devenions officiellement « déportables » avec un départ prévu par le prochain convoi, début mai. La nouvelle toucha Benoît qui apprenait en même temps que Mireille ne partirait pas avec nous. Il tenta d'en comprendre la raison, mais ne trouva personne pour lui répondre.

Au matin, on nous distribua quelques aliments. Benoît et Mireille mangèrent l'un en face de l'autre. J'étais à côté d'eux et entendis leur conversation. La jeune fille réprimait une envie de pleurer, alors que le garçon s'efforçait de conserver une attitude sereine :

— Tu partiras par le prochain convoi, murmura-t-il, c'est sûr.

Elle baissa les yeux, il poursuivit :

— Tu nous retrouveras bientôt. Il y a trop de monde pour ce convoi-là, mais le prochain, tu seras dedans.

Puis arriva un cortège d'autobus. Nous comprîmes que le départ était imminent. Benoît fixa Mireille droit dans les yeux et lui murmura avec autant de conviction que possible :

— À bientôt. Ne t'inquiète pas, on va se retrouver.

Cette fois la jeune fille ne put contenir davantage le lourd chagrin qui la taraudait. Elle éclata en sanglots et balbutia des mots incohérents. Elle refusait de voir Benoît partir et l'agrippa en poussant des cris qui ressemblaient aux plaintes d'un oiseau. Il la serra plus fort. Je ne sus jamais si mon ami croyait vraiment en ce qu'il venait de dire, mais il avait besoin autant qu'elle d'être rassuré... Mathilde et moi firent nos adieux à cette enfant dont le visage s'ajouta par la suite au souvenir de ceux que nous ne revîmes jamais. Quand la guerre ne frappait pas d'un coup sa victime, elle lui sapait courage et volonté en la laissant dans une constante incertitude face à la mort. Nous marchâmes vers la sortie et quittâmes ces lieux sans vraiment comprendre que des morts en sursis attendaient leur tour. De tous sexes et de tous âges, portant nos maigres baluchons marqués à notre nom sur le dos, nous étions une centaine à quitter le camp en direction de la gare de l'Est. Nous restâmes ensemble, Mathilde

Benoît et moi. Mathilde cherchait à nous rassurer, nos sourires ne suffirent pas à la convaincre. Sur le quai, il y avait une foule immense, mais pas de panique ou de désordre. Les gendarmes français nous surveillaient, le fusil à l'épaule. Nous attendîmes, sous le regard des passants qui allaient et venaient en toute liberté. Certains nous fixaient de leurs yeux froids et interrogateurs. Beaucoup passaient à côté de nous sans nous voir. Nous aurions pu être parmi eux et vaquer à des occupations de toutes natures, traverser ce quai de gare, le pas allant, pour disparaître, comme ça, vers la vie, sans nous poser plus de questions. Après une meilleure observation de notre pauvre groupe et de nos mines défaites, je constatai que l'effectif était majoritairement composé de femmes.

Nous nous engouffrâmes tous dans les wagons et prîmes place dans les troisièmes classes, assis sur des bancs très inconfortables. Nous dûmes nous serrer les uns contre les autres.

Puis le convoi quitta le quai.

On nous emmenait.

Plus tard, bien plus tard j'apprendrais que

d'autres malheureux avaient quitté le camp de Drancy dans des conditions bien plus inhumaines.

Mireille avait été de ceux-là...

Mathilde était assise entre Benoît et moi. Alors que nous venions de voir disparaître les dernières habitations et que le train s'enfonçait dans la campagne, elle entama ce chant universel qui fut repris d'une seule voix par nous tous : « *Ce n'est qu'un au revoir mes frères, ce n'est qu'un au revoir...* » Nos voix contenaient en cet instant pathétique le bouleversement d'un monde qui tremble et roule vers l'inconnu. Nous poursuivîmes : « *Oui nous nous reverrons mes frères, ce n'est qu'un au revoir.* »

Le nord de la France, puis la Belgique et l'Allemagne : après deux jours de voyage sous une chaleur étouffante pour la saison, nous arrivâmes dans les paysages agrestes situés au nord du pays des vainqueurs. Le train s'arrêta à proximité d'un bois. Dehors, aucune maison, ferme ou baraquement. Rien ne s'offrait à la portée de nos regards, si ce n'est une escouade de SS en armes qui nous attendaient et dont les chiens aboyaient en nous regardant descendre. La brutalité de leur accueil nous donna le ton : hurlements gutturaux, ordres vociférés, la tension venait d'atteindre un cran supplémentaire. Nous étions assommés d'angoisse, perdus et étourdis. La peur me tenait compagnie, Benoît fit un pas en tremblant et s'immobilisa. Mathilde nous intima la consigne d'avancer, car si nous ne bougions pas, les Allemands se chargeraient de nous aider, à leur manière.

Des camions à bâche.

Nous nous y entassâmes à la demande expresse des soldats. Nous roulâmes à travers une campagne boisée et franchîmes l'entrée d'un camp. À coup de cris, ou de paroles outrageantes, nous reçûmes l'ordre de mettre pied à terre : regroupement sans tarder, bagage en main.

Silence.

Nous découvrîmes les lieux, les yeux écarquillés. Ce camp, celui de Bergen-Belsen, serait désormais notre nouveau lieu d'internement. Barbelés et miradors, sentinelles armées, tout était sinistre et invitait à la méfiance. Au loin se dressait une grande cheminée dont l'aspect rappelait celles des usines du Nord. Ici : des baraquements alignés dans un esprit d'uniformité, vision triste et lugubre. Là, quelques arbres échevelés, dépouillés. En parcourant avec l'ensemble du groupe l'allée centrale sablonneuse, je fus marqué par la découverte de ceux qui se trouvaient déjà derrière les barbelés. Parqués dans un enclos, maigreur absolue et immobilité de cadavre, ils nous fixaient de leurs yeux affolés. Certains portaient la main à leur bouche pour nous dire « manger ».

Les SS nous terrorisaient. Une animosité permanente les habitait, un regard aurait suffi à déclencher leur courroux et les coups de cravache. Les soldats nous accompagnaient, les officiers balisaient le parcours de leur présence immobile. Jambes écartées, mains derrière le dos avec cravache prête à fendre l'air, casquette plate à tête de mort, ils affirmaient par leur regard défiant une supériorité, une domination totale qui nous rappelait que notre seul droit était celui de la soumission.

Je tenais mon baluchon d'une main, l'autre se glissa dans celle de Mathilde. Frappé par les mêmes appréhensions, Benoît en fit autant.

Halte.

Les soldats nous comptèrent puis recomptèrent avant de nous intimer l'ordre de nous diriger vers l'une des grandes baraques.

— Jacques ! m'interpella Benoît. Tu crois qu'on va mourir ?

— Nous vivrons, promit Mathilde.

La baraque était déjà occupée par des juifs habillés en civil et portant l'étoile jaune. Ils présentaient de meilleures mines que les déportés avilis que nous venions de rencontrer. Il s'agissait de Juifs de Hollande ou d'ailleurs, parfois même allemands, l'ambition haineuse des nazis s'étendait par-delà les frontières. Ici, on parlait avec plus ou moins de maîtrise le yiddish, échangeant tant bien que mal quelques informations. À entendre Mathilde ainsi dialoguer, je compris au débit de ses paroles qu'elle était nerveuse. Elle me semblait nourrir une inquiétude, une angoisse profonde qu'elle avait de la peine à dissimuler. Je n'osai la questionner, préférant ignorer les horreurs supplémentaires qu'elle semblait redouter pour nous.

À peine le temps de déposer nos affaires que nous ressortîmes très vite à la demande de nos geôliers. Il y eut une nouvelle traversée du camp, mais par un autre chemin et qui conduisait à un nouvel objectif.

Seconde confrontation avec ces êtres parqués qui ne ressemblaient plus à nos semblables tant leur état physique était épouvantable. Il s'agissait des prisonniers russes, comme nous l'apprendrions plus tard. Cette vision impensable nous glaça les sangs et je sentis monter ma peur, une peur qui par la suite n'allait pas connaître de limite. Nous arrivâmes enfin devant une grande baraque. Nous dûmes tous nous déshabiller, femmes et enfants, du plus jeune à l'adolescent. Pudiques, nous étions mal à l'aise, embarrassés par notre nudité, ne sachant où porter nos regards. C'est ainsi que s'affirmait la domination de nos bourreaux. Tandis que nous nous exposions à leur vue, ils souriaient, s'esclaffaient, allant même jusqu'à commenter. Première humiliation en attendant les brimades, les injures, les sévices corporels et tout ce qui pouvait rabaisser et blesser l'être humain dans le but de le réduire à l'état d'animal, de simple chose à la merci d'une cravache ou d'une balle de pistolet.

Puis, ce fut la douche.

XIX

Enfin, après une attente qui me parut interminable, l'eau se mit à ruisseler.

En cet instant, j'essayais de me détendre, de m'imaginer qu'il n'y avait plus personne à proximité, que j'étais à la maison et que mon père m'appellerait pour me prévenir qu'il n'y aurait bientôt plus d'eau chaude. Je fis de mon mieux pour profiter de ce bref moment de détente, répit inespéré entre les séances d'avilissement, les privations en tous genres et autres humiliations.

Je m'efforçais d'oublier l'espace d'un instant salutaire toutes ces choses atroces que l'on nous infligeait et qui visaient à conduire les individus que nous étions à la déchéance la plus totale.

Pourtant, j'étais un hôte « privilégié ». Nous étions internés dans cette partie du camp de

Bergen-Belsen réservée aux déportés soumis à un régime particulier[1]. Mais depuis que nous avions aperçu ces squelettes ambulants, ce qui nous inquiétait le plus était la nourriture. Allions-nous mourir de faim ? Cette question nous taraudait.

1. La convention de Genève permettait de faire des femmes juives, épouses de prisonniers de guerre, des prisonnières à part et bénéficiant d'une « protection ». Les Allemands avaient choisi d'en faire des « otages » qui pourraient, le cas échéant, servir de monnaie d'échange. Ces femmes étaient nombreuses. Mais pour Mathilde, Benoît et Jacques, le motif de leur internement fut différent. Les directives du *Reichssicherheitshauptamt* (Office central de la sécurité du Reich) avaient défini d'autres catégories de juifs destinés à être également déportés à Bergen-Belsen. Ils étaient de ceux qui étaient considérés comme étant : « Des personnes ayant des relations familiales ou autres relations avec des personnalités influentes dans les pays étrangers ennemis. » Les Allemands savaient que Mathilde entretenait d'étroites relations avec le colonel James Harrington, chef des services secrets britanniques. Ils étaient considérés eux aussi comme otages, mais dans l'attente d'une décision sur le sort qui leur serait un jour réservé, ils étaient soumis au même régime que les déportés qu'ils avaient rejoints. *(N.d.A.)*

Nous n'avions pas avalé grand-chose depuis notre départ, nos estomacs réclamaient. La soupe qui nous fut servie avait des allures suspectes : sombre liquide dans lequel des morceaux de je-ne-sais-quoi flottaient pitoyablement. Certains la burent, d'autres pas, préférant les quelques aliments dont ils avaient fait l'économie depuis Drancy.

À l'occasion, nous avions droit à un petit morceau de pain : un morceau par semaine et par personne. La faim était omniprésente. De temps à autre, une portion infime de margarine s'ajoutait à ce « festin ». Sans nourriture, la mort vous guette. Une mort lente et douloureuse, qui conduit l'être humain à la folie, aux meurtres, aux traîtrises de tout genre et à une souffrance sans pareille. Mais le manque de nourriture ne serait malheureusement pas notre seul souci...

Les gardiens.

Les Allemands dirigeaient le camp, mais des vermines zélées leur prêtaient main-forte. C'étaient des prisonniers politiques ou de droit commun qui assuraient des tâches de surveillance ou de maintien de l'ordre. Le tout dans une débauche de brutalité, frappant autant qu'ils le voulaient avec jubilation et acharnement. Ils étaient reconnaissables à leur brassard, mais il était tout aussi facile de les identifier grâce à leurs mines de biens portants qui trahissaient les privilèges dont ils profitaient. Ils étaient le bras armé de la lâcheté. Nous les redoutions plus que tout.

Et puis il y avait d'autres maux : la promiscuité, les poux et les punaises dont les effectifs n'en finissaient pas de grossir malgré la guerre que nous leur menions.

C'était là notre univers, j'allais devoir me battre pour y survivre.

Et pourtant, quand j'y pense encore aujourd'hui, la question me culpabilise toujours : pourquoi ai-je eu le droit de m'en sortir? Pourquoi moi? Je dois tout à Mathilde; notre moteur, notre mère, qui s'est acharnée jusqu'au bout afin que jamais nous ne perdions notre dignité.

— La toilette! exigeait-elle chaque jour.

Dehors, une rangée de robinets fixés au-dessus d'une auge métallique laissait échapper le filet ténu d'une eau trouble. Celle-ci se raréfierait bien vite, rendant encore plus catastrophiques les conditions d'hygiène. Mathilde, autant de fois qu'elle le pouvait, se sacrifiait pour nous. Mobilisée pour un Kommando de travail, elle disparaissait le temps d'une journée ou d'une demi-journée, et accomplissait des corvées qui pouvaient aller de récupérer des semelles de chaussure, à nettoyer le baraquement des SS. Elle avait la possibilité de ramener ce qui pouvait être échangé, quand cela était possible, contre de la nourriture qui profiterait autant à Benoît qu'à moi. Les enfants et adolescents étaient dispensés de ces corvées. Cependant, il y en avait une à laquelle nous ne pouvions échapper : celle de l'appel. À n'importe quel moment de la journée, les autorités décidaient de regrouper sur l'*Appellplatz*, la grande place de l'appel, tous les déportés, sans exception. Au garde-à-vous, réunis par baraques, nous étions comptés puis recomptés d'après les listes établies. Appel du chef de baraquement, appel des gardiens et appel des Allemands ; un rite interminable. Nous étions souvent exposés aux coups, aux hurlements et au feu d'un soleil d'été, quand ce n'était pas l'eau froide de la pluie lorsque l'automne arriva.

Affaiblis par le manque de soins et de nourriture,

beaucoup tombaient au moment de ces appels qui pouvaient durer des heures entières. Nous avions interdiction formelle de leur porter secours. De toute façon, la plupart du temps, ces corps décharnés à la peau tendue venaient de pousser leur dernier souffle d'épuisement. À partir de l'automne 1944, hommes, femmes ou enfants commencèrent à mourir en masse...

Après l'appel, retour aux baraques. Benoît et moi n'étions pas restés longtemps dans le baraquement des femmes. Nous avions très vite reçu la consigne de gagner celui des hommes. Il était proche de celui des femmes. L'ambiance y était plus rude, moins fraternelle. Durant l'été, les baraquements emmagasinaient toute la chaleur étouffante, tandis que l'hiver venu, nous survivions sans chauffage. Alors qu'il faisait moins dix à l'extérieur, la température atteignait péniblement zéro degré, parfois moins, dans nos « dortoirs ». Le soutien de Mathilde et sa force de caractère étaient d'une aide précieuse, car nous parvenions à nous voir à certains moments de la journée. D'autres que nous bénéficièrent aussi de son courage et de sa ténacité. Une poignée de femmes françaises entretenait cet esprit de combativité, de lutte pour la survie. Elles s'unissaient pour faire face aux coups durs qui survenaient durant la saison où le froid intense décimait les plus faibles.

Il n'était pas rare que de tout jeunes enfants meurent dans les bras de leur mère. Affamés, affaiblis par la vermine, chanceux étaient ceux qui survivaient à la ravageuse saison. Un soir, alors que Mathilde essayait de recoudre un bout de tissu, une mère s'approcha d'elle. Elle tenait pressée contre sa poitrine le corps sans vie de son enfant. Il venait de mourir. Elle avança d'un air hagard, une expression de folie flottait dans ses yeux. Mathilde se leva et ne laissa rien paraître de l'émotion que lui inspirait ce tableau bouleversant. Elle posa ses mains sur les épaules de la malheureuse et lui dit :

— Tu te souviens de cette chanson, ce poème yiddish ? Tu veux que je te la chante ?

Elle entama le premier couplet. C'était une douce prière, une mélodie que l'on fredonne aux oreilles des petits afin qu'ils retrouvent cette sérénité qui précède le sommeil. Mathilde prit le bébé des bras de sa mère, le plus doucement possible. La femme était sur le point d'en perdre la raison.

— Viens couper le pain, lui proposa-t-elle tandis qu'elle confiait le cadavre à une autre femme.

Il y avait un petit bout de pain à couper en trois. La femme qui venait de perdre son enfant ne pouvait ni pleurer, ni parler. Mathilde lui dit :

— Ce soir, tu vas nous raconter une histoire, celle de ton mariage. Je t'aiderai.

Son mari était retenu en Allemagne. Il était l'espoir de cette femme, le dernier être de son entourage qui appartenait encore au monde des vivants. Nous avions compris que le sadisme nazi consistait aussi à engendrer autre chose qu'une mort lente et douloureuse. Il visait à atteindre le moral des témoins. Il y avait une volonté de fracasser le cœur de chacun, de déchirer les âmes et d'en faire des êtres détruits à tout jamais. Mathilde refusait cet abandon de soi. Sans elle, Benoît et moi n'aurions pu partager cette même volonté de vivre. Son attitude était une leçon que nous recevions de plein fouet.

Pourtant, tout comme les autres, la faim nous tenaillait. Quand le besoin de nourriture se faisait trop pressant, il m'arrivait d'imaginer des choses que je croyais réelles. Les murs étaient en pain d'épices, les châlits faits de biscuits croquants, les cailloux étaient des pommes de terre. Dans mes rêves, la nourriture abondait : il n'y avait qu'à se baisser pour la ramasser ! Mais ici, c'était les morts que l'on ramassait. Une charrette tirée à bras d'hommes circulait dans les allées. Bien vite, son chargement de cadavres atteignait des proportions affolantes. Des hommes, des femmes, entassés pêle-mêle, des corps décharnés, pliés ou détendus étaient pour quelques-uns encore vêtus de leurs pauvres haillons. Impossible de rester indifférent devant ces postures étranges, ces bras tordus, ces têtes pendantes et ces figures plates à la bouche béante et dont les yeux n'étaient plus que des trous noirs, ténébreux. Tous ces êtres humains détruits, humiliés jusque dans leur sépulture même... Ils partaient vers la grande cheminée d'usine située à l'autre extrémité du camp et dont la fumée noire et pestilentielle se répandait de plus en plus souvent. Bientôt le four crématoire fonctionnerait nuit et jour et ne viendrait néanmoins pas à bout de tous ces cadavres...

Un matin, Mathilde fixait cette écharpe brune qui noircissait les cieux. Elle était à quelques pas de moi, je la sentais prisonnière d'un rêve. Figée et silencieuse dans ses haillons de misère, elle n'était plus qu'un épouvantail chétif, planté au milieu d'une terre dévastée. Je voulus courir pour la rejoindre, mais je surestimai mes forces et tombai à ses pieds.

— Jacques !

— Ne t'inquiète pas Mathilde, dis-je dans un sourire.

Elle avait considérablement maigri, affichait un visage creux et blafard, mais pour moi, elle n'avait rien perdu de sa beauté. Elle me serra dans ses bras. Une femme SS fut témoin de notre échange. Sa colère s'abattit sur nous en même temps que ses coups de cravache. Me voyant à terre et roué de coups, Mathilde hurla :

— Non ! Non !

La femme SS pointa son arme sur la tempe de Mathilde qui avait les yeux figés.

L'Allemande hurla :

— Tu veux mourir, juive ? Tu veux ?

L'appel pressé d'un autre SS contraignit l'odieuse femme à s'éloigner. Je restai avec Mathilde, souffrant du dos et des épaules. Benoît arriva et m'aida à me relever afin de me conduire dans un lieu plus à l'abri. J'avais mal, mais par chance aucun de mes os n'était brisé.

Quelques semaines plus tard, des déportés travaillant dans le baraquement des SS nous confièrent une nouvelle qui nous redonna un peu de joie et d'espoir : les Alliés avaient débarqué en France. C'était au début de la belle saison, au mois de juin dernier. La perspective d'une liberté possible et de la fin de nos effroyables supplices se dressa soudain. Cette nouvelle n'était pas une rumeur, à en juger par l'acharnement des SS et la dégradation de nos conditions de vie déjà si inhumaines. De nouveaux arrivants vinrent s'entasser par centaines, la plupart étaient des déportés évacués des camps situés sur la route des Alliés dont l'avancée contraignait les Allemands à un repli. Les déportés arrivaient de partout. Ils avaient des allures de morts vivants. S'ils n'avaient pas trouvé la mort dans les autres camps, les nazis espéraient bien achever leur besogne ici même à Bergen-Belsen.

En attendant, la libération se faisait attendre et l'hiver n'arrangea rien. Ici, au nord de l'Allemagne, nous comprîmes, nous autres Français, ce que signifiait l'expression « avoir froid ». Figés aux toitures des baraquements, des stalactites se formaient très vite, et des plaques de gel apparurent un peu partout. Aucun endroit ne permettait de nous sentir à l'abri, le froid assassin se glissait insidieusement où bon lui semblait, et nous pourchassait sans relâche, que l'on soit debout, assis ou couché.

Les nuits se ressemblaient toutes, surtout à l'intérieur des baraquements. Tout était prétexte à la dispute, à de vives empoignades et à de minables anicroches qui dégénéraient assez souvent. Quand les insultes et les échauffourées finissaient par se calmer, on entendait les plus vieux sangloter, aux côtés d'autres affaiblis, aucun ne pouvant s'imposer dans cette jungle du plus fort.

Alors la nuit connaissait sa musique lancinante de quintes de toux, de ronflements et de râles ; pendant que des mains habiles faisaient glisser leurs ombres malveillantes en quête de la moindre chose à dérober. Les voleurs étaient partout, et pourtant, que nous restait-il à voler ? D'autres, plus atteints, déliraient, emportés par la maladie ou les nerfs qui lâchaient. Ils étaient devenus des semblants d'êtres à la dérive, criant ou riant sans raison. Un vieillard, qui n'en finissait plus de tousser, couvrait les coups rythmés d'une matraque dont le bruit sourd se répétait sur le corps d'un malheureux, gémissant, je ne sais où. Lorsque tous ces bruits connaissaient un apaisement, je prenais conscience que les odeurs étaient aussi épouvantables que les sons. La dysentrie faisait rage, et les tinettes furent vite saturées et débordantes. Certains malades ne pouvaient même plus se déplacer pendant la nuit et souillaient le grabat qu'ils partageaient avec un autre. J'étais sur le châlit du haut, supportant l'insupportable, au-dessus de Benoît qui m'aidait à tenir bon, par un mot simple, un souvenir :

— Tu te souviens de la première fois que nous avons bu un chocolat avec Mathilde ?

— À Saumur ?

— Oui. Elle nous avait donné des biscuits. « Allez, allez, prenez, c'est pour vous » qu'elle a dit. Tu te rappelles ?

On s'endormait sur une image, car je crois que, finalement, nous parvenions à trouver le sommeil. Puis c'était le réveil à coup de matraques et de cris :

— *Aufstehen ! Aufstehen !*

Alors une brute épaisse se précipitait sur nous,

affligeant avec férocité une généreuse distribution de coups, frappant au hasard les premiers venus, puis repartait sur le même pas de course assurer ailleurs cette détestable besogne. Il devait être cinq heures du matin. Dès le lever, des spasmes tenaillaient déjà mon estomac contracté. J'avais faim et cette douleur ne me lâchait pas de la journée.

— Benoît, t'es réveillé ?

Bien sûr qu'il l'était. Mais je ne pouvais m'empêcher de le questionner, juste pour entendre sa voix et m'assurer qu'il ne m'avait pas quitté pendant la nuit. En ces lieux, j'ai toujours pensé que le sommeil était un palliatif à la mort. D'ailleurs, chaque matin un nombre plus ou moins important de corps était évacué. Parmi les déportés entassés, les vivants se défaisaient de ceux pour qui la nuit avait apporté l'ultime libération. Ce matin, les soupirs et les insultes en tous genres et dans bien des langages fusèrent. Un maladroit eut le malheur de renverser une tinette, il en fut bon pour un flot d'insultes. Benoît et moi mîmes pied à terre, le corps endolori. Pauvres miséreux que nous étions, avec nos visages sales, nos haleines puantes et nos peaux plaquées sur des thorax émaciés. Nous étions des vivants en sursis.

— Dépêche-toi ! me dit-il.

Comme s'ils avaient eu vent d'un mauvais présage, gardiens et femmes SS firent irruption dans notre baraquement. Coups de trique et de cravache s'abattirent sur un vieillard qui était resté assis sur sa paillasse. Benoît et moi fîmes en sorte de nous agiter pour éviter les coups. Nous enjambâmes les morts qui venaient d'être dégagés et encombraient la travée. C'était l'heure du café, enfin de l'ersatz qui n'en avait que le nom. On nous fit sortir et mettre en file indienne. Le liquide tiédasse était bien pitoyable, et sa dégustation n'évoquait en rien les souvenirs lointains de salons de thé.

À peine le temps de l'avaler que les cris des SS reprirent.

— *Los, los ! Appell !*

Il fallait courir vers la place de l'appel, les retardataires en seraient quittes pour une bonne ration de coups de trique. Habitués, nous formâmes des rangs impeccables et le rite put commencer. La torture s'infligeait : lente et collective. À une heure aussi matinale, la nuit n'avait pas dit son dernier mot. Il faisait un froid terrible, nous ne pouvions pas bouger. Il fallait attendre en silence, pas un murmure. À quelques rangs d'intervalle, nous pouvions apercevoir Mathilde qui nous cherchait anxieusement du regard pour nous communiquer de l'espoir en nous adressant un sourire, un signe. Le comptage commençait. Mais les SS tardaient, et notre affaiblissement déjà profond nous faisait oublier la rigueur du bel alignement. Les lignes devinrent moins droites, mais les encadrants n'en furent pas dupes. L'ordre fut rétabli à coups de pied, de poing, et de cravache, tel le marteau du chaudronnier sur le fer à cheval, cognant sans relâche pour lui donner la forme voulue. Il y eut des affaissements, les faibles furent tonifiés à coups de bâton. À bout de force, ils retrouvèrent une posture acceptable le temps du passage en revue. L'un des officiers SS finit par se déplacer. C'était un grand échalas, au coup d'œil glacial et au visage fermé. Il écouta avec dédain les chiffres transmis par l'un des geôliers en chef. Vérification fut faite des effectifs, un dernier coup d'œil sur le troupeau bien aligné. Il s'apprêtait à quitter les lieux quand...

XX

Un bourdonnement inattendu nous fit lever les yeux. Comme nous tous, le chef SS scruta le ciel pourtant d'un noir absolu. Rien n'y paraissait. Nous entendions nettement la sourde vibration, qui ne tarda pas à résonner dans le ciel tout entier. C'est alors que l'alarme du camp se déclencha. Les hommes bien portants s'élancèrent dans une course à l'abri, tandis que les chiens hurlaient à la mort, pris eux aussi d'une panique incontrôlable. L'avion allié apparut à nos yeux, et survola quelques instants ce camp de l'horreur. D'une puissance infaillible, l'appareil qui imposa sans peine sa terreur à nos bourreaux devenus soudain ridicules, et qui, d'un coup, en oublièrent leur supériorité, nous parut majestueux. Puissant et redoutable, ce splendide et inespéré cadeau du ciel poursuivit sa route sans avoir été inquiété une seule seconde.

Nos sourires étaient béats, nos yeux n'en revenaient pas. Un malheureux qui n'avait plus tout le contrôle de sa raison commença à agiter ses bras alors que l'avion disparaissait. Le suicidaire ne s'arrêta pas et appela, hurlant de toutes ses forces.

Un petit groupe de gardiens fonça droit sur lui, le chef en première ligne. Ils n'eurent aucune difficulté à le ceinturer. Le malheureux fut envoyé à terre où une pluie de coups de pied s'abattit sur lui. Il poussa des cris. Le chef ordonna le calme et eut du mal à interrompre l'ardeur de ses hommes. La simple ratonnade ne lui convenait pas : elle devait prendre une autre forme, celle d'une démarche punitive, une sorte de démonstration pédagogique devant nous tous qui regardions. D'un geste, le fautif fut débarrassé de ses haillons et se retrouva entièrement nu. Les trois hommes se disputèrent l'honneur de cogner. C'était le chef qui tenait la trique, une longue tige fine et souple, fendant l'air dans un sifflement aigu. Il sélectionna l'heureux exécuteur qui en éprouva une joie intense. Une fois qu'il eut l'objet en main, il jubila de sa puissance absolue devant ses contemplateurs jaloux. Il prit son élan, et de toutes ses forces de bien portant, il frappa,

frappa encore et frappa jusqu'à ce que les hurlements de l'homme se muent en gémissements. Haletant, le bourreau n'en perdit pas pour autant de sa vigueur. La trique continua à siffler, des zébrures apparurent sur les fesses déjà sanguinolentes du condamné, la peau se fendilla par endroits, des jets de sang éclaboussèrent son tortionnaire. Celui-ci continua de frapper jusqu'à ce que les forces lui manquent. Il s'arrêta, à bout de souffle, le visage en sueur. Il n'en pouvait plus. Fier d'avoir accompli son devoir, il remit la trique à son propriétaire, qui le fixa comme l'instituteur fixe l'élève méritant. Gisant aux pieds des bourreaux, la victime n'était plus qu'un corps inanimé, peut-être déjà mort. Par dépit, on nous obligea à attendre ainsi exposés au vent glacial, alors qu'il gelait. Interdiction de bouger. Nous devions rester debout sans nous plaindre, malgré les engelures qui nous dévoraient les pieds. Des camarades s'écroulèrent, victimes des rafales de vent qui tranchaient la peau comme des coups de couteau. La sentence dura une éternité. Puis le coup de sifflet retentit. Enfin, nous pouvions rompre les rangs.

En ce début du mois de décembre, l'ancien chef d'Auschwitz, le SS Hauptsturmführer Josef Kramer, devint le nouveau dirigeant du camp de Bergen-Belsen. Avec lui, nos conditions de vie qui avaient pourtant déjà atteint des sommets d'ignominie se dégradèrent plus encore. Je ne croyais pas cela possible. Pratiquement plus de pain, quelques rutabagas crus à de rares occasions et un surpeuplement massif dû aux nombreuses arrivées des autres camps. Nous partagions les paillasses, les rats et la vermine. Le typhus faisait rage et les morts se comptaient par centaines. L'unique four crématoire du camp arriva très vite à saturation. Au matin, il fallait dégager les corps des baraquements pour les entasser dehors, sur une pile qui dépassa hauteur d'homme. Je souffrais de tout, de l'absence de nourriture, de cette folie meurtrière. Mathilde, que je rencontrais avec Benoît à certains moments de la journée, parvenait encore à nous sourire. Ses yeux tristes mais plein d'amour nous transmettaient bien des messages qui nous encourageaient à ne pas sombrer. Dehors, la fumée que crachait le four crématoire se faisait particulièrement dense. Ses odeurs devinrent tenaces, écœurantes à vomir. Nous en étions imprégnés. Au matin, les cris des mères serrant leur enfant mort résonnaient. Le fait n'était plus occasionnel mais quotidien. L'homme ou la femme avec qui on avait échangé quelques mots en début d'après-midi était sur le tas de cadavres le soir.

Le typhus fauchait sans distinction.

Je sentais Benoît plus mal encore que je ne l'étais. Je refusais de le voir dépérir, criant de famine, les jambes gonflées d'œdème et couvertes d'ulcérations. Dans mes rêves, il était bien portant, svelte, un sourire pétillant comme si nous partions tous les deux à la pêche sous un soleil d'été. Ce n'était qu'un rêve inoffensif, ou presque, comme celui dans lequel je voyais de la nourriture providentielle éparpillée autour de nous. Mathilde et lui appartenaient à ce rêve, celui qui consistait à me transporter loin de cet enfer. Tous les deux étaient dans un état affolant, ils se déplaçaient tant bien que mal, respiraient avec peine et ne souriaient plus. Jamais.

— Mathilde?

Elle était allongée sur le dos, immobile sur sa paillasse nauséabonde.

— Oui ?

— Tu ne te lèves pas ? lui demandai-je.

Sa réponse tarda :

— Pas aujourd'hui.

— Mathilde ! Il faut te lever !

Elle resta silencieuse, comme si mes mots avaient du mal à arriver jusqu'à elle. Puis elle finit par dire :

— Ça va aller. Ne t'inquiète pas, mon petit.

— Mais, Mathilde !

J'avais envie de la secouer, de hurler à son visage qu'il fallait vivre et se battre. Elle était fiévreuse et délirait. Le typhus s'était emparé d'elle. Benoît vint vers nous, ses vêtements flottaient sur lui.

— Mathilde !

Il se pencha sur elle :

— Il faut que tu te battes, on ne va pas rester ici, c'est sûr !

Il commença à sangloter, et je ne sus comment le consoler. Tout ce que je pus lui dire fut :

— Ne pleure pas.

Il tenait un petit bout de pain dans sa main. C'était comme une pièce d'or entre ses doigts décharnés. Il avait certainement dû le voler à quelqu'un de plus faible que lui, l'envoyant ainsi à une mort certaine.

— Mange Mathilde, dit-il. Mange, c'est pour toi !

Il lui mit le morceau dans la bouche. Mathilde essaya tant bien que mal de mâcher. À côté d'elle, une femme était déjà morte depuis un certain temps. Le baraquement des femmes était un véritable chaos, un indescriptible cauchemar complètement envahi par les parasites dont le nombre devait de loin surpasser nos effectifs. La nuit, impossible de trouver le repos.

Soudain, Mathilde déclara :

— Je n'ai pas l'intention de mourir mes enfants.

Je fixai Benoît dont l'expression trahissait sa peine et sa colère.

— Mathilde, nous avons besoin de toi ! Tu dois te battre !

Chez lui aussi le contour des yeux était d'un blanc cadavérique. Sa peau par endroits était tachetée et il toussait souvent entre chaque mot.

Il était debout à côté de moi et ses jambes tremblaient, incapables de supporter le poids d'un corps pourtant si maigre. Il portait sur lui les vêtements que nous lui connaissions depuis le début de notre déportation et encore une fois je dus constater à quel point ils étaient devenus amples.

Les miens aussi étaient trop grands.

Je pus retirer les tissus autour de mes pieds. Il y avait bien longtemps que je n'avais plus de chaussures. Le corps d'un homme gisant au sol et portant un pantalon en bien meilleur état que le mien s'en retrouva dépourvu. Avec les restes de sa veste je me confectionnai des bandes solides que j'enroulai à la place des galoches que l'on m'avait volées. Je trouvai une couverture sur la carcasse d'un homme que l'on croyait mort. Mathilde avait froid et cette trouvaille l'aiderait à mieux passer la nuit.

Benoît et moi ne pouvions compter que sur nous. Maintenant, je le sais, il déployait quelques astuces pour trouver de la nourriture. Aux rares moments où il y avait distribution de soupe, il arrivait à s'approprier la part de deux autres déportés que tout le monde croyait encore en vie. Ils ne l'étaient plus. Le garçon arrivait ainsi à obtenir trois portions au lieu d'une. Quand les cadavres devenaient trop puants ou infestés de vermines, je l'aidais aussi discrètement que possible à s'en défaire et à en trouver d'autres pour les remplacer. Cette manigance aurait pu nous valoir une volée de bois vert, de celles dont nous avions été témoins sur des êtres moins chanceux que nous. Mais c'est ainsi que nous pûmes soutenir Mathilde et la garder en vie, grâce à ce supplément de soupe. Par moments, j'avais tout comme elle des vertiges et des maux de tête. Je luttais : la maladie ne m'aurait pas. De nous trois, j'étais le mieux portant. Il en fallait un pour venir en aide aux deux autres, pour les soutenir, les encourager à lutter, lutter!

Puis le printemps arriva comme une manne salutaire. Avec les beaux jours, une trêve s'annonçait pour nous tous, qui profiterait à nos pauvres corps déjà si meurtris par la terrible saison. Combien étaient-ils à avoir trouvé la mort? Je l'ignorais. Typhus ou famine, la Grande Faucheuse avait accompli son travail. Nous regardâmes le printemps et appréciâmes le vent si doux, moins âpre. Mathilde, Benoît et moi avions réussi à passer ces jours et ces nuits qui avaient tué tant d'innocents.

Mais nos véritables assassins étaient plus féroces même que l'hiver et la maladie... Depuis quelques jours, il régnait un certain désordre dans le camp. L'agitation gagnait les SS, beaucoup avaient quitté les lieux. Bien des déportés aussi avaient disparu, je crois que les Allemands les avaient emmenés. Quant à nous, on dut nous croire morts et on nous laissa pourrir dans un coin. Des cadavres, il y en avait partout. Les odeurs de corps en décomposition rivalisaient avec celles du four crématoire. En cette matinée ou cette après-midi, je ne sais plus très bien, je déambulais à proximité du baraquement, à demi nu. Il me semblait qu'à cet instant, plus rien n'avait d'importance. Je ne m'arrêtais même plus pour déféquer. La chose se faisait sans y penser. Le typhus avait fait de moi son esclave et me ravageait les intestins. Je manquai de m'écrouler au moment où mon pied trébucha sur une main. Son propriétaire devait être mort car il ne se plaignit pas. Mes yeux se portèrent sur lui et un coup de tonnerre éclata dans ma tête :

— Benoît ?

Je n'en étais pas sûr. Était-ce lui ? Il était méconnaissable. Je réussis à m'asseoir pour mieux le regarder. La bouche, le nez et les joues, ce n'était plus qu'une peau prête à se fendre, tendue sur une carcasse osseuse.

— Benoît! Benoît!

Pas de doute, c'était lui. Sa poitrine ne bougeait plus. Je voulus crier mais la force me manquait :

— Tu m'entends?

Ses grands yeux écarquillés étaient vides d'expression. J'essayai de secouer ce corps délesté de tout, et appelai encore :

— Benoît!

Je perçus un gémissement. Mais devant la faiblesse de mes sens, je crus rêver. Sa voix pourtant se fit bien réelle :

— Jacques...

— Benoît!

Ses yeux me scrutaient à présent, je savais qu'il me voyait. Je sentais sa vie sur le point de franchir ses lèvres, comme on exhale un dernier souffle. La main de la mort était en train de se glisser en lui, à tâtons.

— Viens avec moi, dis-je.

Il était au milieu d'une allée, parmi d'autres corps désarticulés aux visages d'épouvante. À cet instant, je compris que je ne pourrais pas le soulever. Il me fallait de l'aide. J'essayai de me remettre debout. L'exercice était difficile. À quelques pas de là, il y avait Mathilde. Elle était toujours aussi mal en point, mais ce matin, nous avions pu échanger quelques mots. À nous deux, nous parviendrions à soulever Benoît.

Quand je découvris Mathilde, elle était allongée sur son grabat. Je n'osais même plus bouger. Était-elle morte ? Les yeux clos, le bras renversé, je voyais courir sur son visage une centaine de poux et de puces qui se disputaient le territoire. Cette vision me pétrifia. Je dégageai la vermine de sa figure si belle, et sentis que sa peau était encore chaude. Je collai mon oreille à sa bouche, le souffle de sa respiration me rassura, un peu.

— Mathilde, réveille-toi... réveille-toi Mathilde.

Après un gémissement à peine perceptible, ses yeux s'entrouvrirent. Je commençais à trembler.

— Mathilde !

Ses lèvres craquelées remuèrent péniblement. Elle esquissa un sourire.

— Jacques...

Les larmes me montèrent aux yeux car j'assistais impuissant à la déchéance inéluctable de celle qui m'avait donné l'amour d'une seconde mère. Cette fois, je ne pouvais plus contrôler mon émotion, et je réussis à articuler, le souffle coupé par le désespoir :

— Benoît est en train de mourir ! Il faut que tu m'aides !

Elle demeura impassible, mais je sais qu'au fond de son cœur, elle souffrait. Sa bouche s'entrouvrit et elle gémit :

— Dans ma main...

J'obéis. Ses doigts squelettiques tenaient quelque chose, un morceau de charbon. Je ne comprenais pas.

— Pour Benoît, dit-elle. Manger...

Du charbon, pour Benoît, je ne savais pas vraiment ce que je devais en faire. Elle ajouta :

— Il vivra.

Ce bout de charbon, gros comme un petit caillou, c'était le remède qui allait calmer la dysenterie. Je me redressai et la colère s'empara de moi :

— Et toi ?

— Va...

— Et toi Mathilde, tu as du charbon, pour toi ?

Il plana un silence terrible. À cet instant, elle

prononça ces quelques mots qui allaient rester à jamais gravés dans mon cœur :

— Je t'aime... mon fils.

Sa main était dans la mienne et elle devint si molle que j'eus l'impression que le vent s'engouffrait dans les fibres de sa peau. Ses paupières se fermèrent. Les puces et les poux repartirent presque aussitôt à la conquête de cette figure éternellement belle. Je hurlai :

— Mathilde!

Debout, à côté de son corps sans vie, je pleurai, en glissant mes doigts tremblants dans ses cheveux. Je caressai sa joue. Puis je fixai ce petit bout de charbon que je tenais dans ma main et qui permettait à Benoît de se maintenir en vie, du moins pour quelques heures, le temps d'une nuit.

XXI

Le lendemain, le souffle de Benoît n'était plus qu'un bref gémissement. Dans quelques heures, il serait mort. J'étais assis dehors à ses côtés, appuyé contre le mur de notre baraquement. Ici, nous survivions dans ce qui était devenu un véritable cimetière. Nous attendions que la mort nous emporte. J'avais la tête engourdie, la langue épaisse, voici plusieurs jours que je n'avais rien avalé. Les mouches s'excitaient autour de nous, l'une d'elles se baladait inlassablement d'un côté à l'autre de mon front. C'était une belle journée, les oiseaux filaient paisiblement dans le ciel.

Je n'y voyais plus rien, j'étais devenu sourd.

Un SS se pencha sur moi, mais son visage demeurait trouble à ma vision. C'en était fini, on nous emmenait au four crématoire.

Plusieurs fois, il fit claquer ses doigts devant mes yeux et m'adressa la parole sans hurler. Je ne comprenais rien. J'attendais.

Il y avait de l'agitation autour de nous. Des corps musclés et agiles me privaient du soleil en passant et repassant sans arrêt. Une main caressa mon visage, c'était celle du soldat. Pourquoi ne me frappait-il pas ? On parlait autour de nous, trop fort à mon goût. Pourquoi ne pas en finir ?

Tout à coup, je me rendis compte que ce n'étaient pas des SS mais des infirmiers de l'armée britannique qui se pressaient dans tous les sens. L'un des hommes à blouse blanche m'humecta les lèvres avec de l'eau fraîche. Il me parla doucement :

— Ça va petit ?

Je ne pus répondre, même lorsqu'il ajouta :

— Ton frère est vivant... ne t'inquiète pas.

Nous devions avoir l'air d'êtres à part, car voici qu'à présent, nous mobilisions l'intérêt de bien des personnes. Dans leur regard, je pus lire de l'étonnement et une impression d'épouvante. Des hommes échangeaient des mots que je ne comprenais pas, et le cercle autour de nous s'agrandissait. Tout le monde voulait nous venir en aide. Ils ne cherchèrent pas tout de suite à nous mettre sur des brancards. Peut-être par peur de nous voir partir en poussière. Ils nous recouvrirent d'un linge et placèrent je ne sais quoi entre nos lèvres.

Enfin, ils s'écartèrent et le soleil fit une nouvelle apparition. Mais très vite, une silhouette gigantesque stoppa une nouvelle fois les rayons bienfaiteurs. Tandis qu'un homme avançait résolument vers nous, le brouhaha des conversations s'amenuisa. Sa venue semblait imposer à chacun une certaine retenue. Il était superbe dans son uniforme d'officier : sa tenue si élégante, son parfum si agréable tranchait en un contraste saisissant avec l'enfer de la puanteur que nous connaissions. Il retira sa casquette et se pencha sur moi. À cet instant je vis ses yeux.

— Jacques ? C'est toi ? Mon Dieu... Jacques !

Que d'émotion dans sa voix, que de tristesse et de colère. Il éclata en sanglots, devant autant d'hommes qui soudain s'étaient tus.

— Jacques ! Pourquoi ? Pourquoi ?

Il passa sa main sur mon crâne luisant, je n'avais pratiquement plus de cheveux. Il pleurait à chaudes larmes devant des soldats qui étaient tout aussi émus que lui. Il lança des ordres et ce ne sont pas des infirmiers qui accoururent, mais des médecins.

C'était bien le colonel Harrington, là, devant nous. Je ne rêvais pas.

— Mon Dieu ! Que vous ont-ils fait ? continua-t-il.

À ces mots, la peine et le choc se firent si brutaux qu'il s'en trouva incapable de parler. Il voulut me serrer contre lui, mais un homme, certainement à blouse blanche, s'y opposa. Une étreinte un peu brutale aurait pu me tuer. Benoît fut emmené à l'écart, inconscient, mais vivant. On me souleva avec mille précautions. Le colonel Harrington ne me quitta pas des yeux. Arriva alors la question que je redoutais tant :

— Et Mathilde ?

Mon silence fut ma réponse. Il leva la tête vers le ciel et fixa ce bleu d'azur dans lequel de petits oiseaux piaffaient de joie. Il prit ma main et me suivit. Les soldats et les médecins formaient sans le vouloir une haie d'honneur sur notre parcours. Terrassés par cette vision aussi épouvantable qu'émouvante, ils demeurèrent immobiles devant l'image de cette survie qui resterait gravée en eux à tout jamais.

J'avais les yeux rivés au ciel, et appréciai ce soleil qui réchauffait ma pauvre carcasse. La main de l'officier tremblait, il me sourit, puis prononça cette phrase, des mots d'une douceur sans pareille que Mathilde aurait sans doute voulu nous dire :

— Allons-y les garçons, la vie vous attend...

ÉPILOGUE

La tête entre les mains, je m'entends pleurer. Je m'étonne encore : les événements de mon passé ne m'auraient donc pas déjà arraché toutes les larmes que j'avais en moi. En face de moi, assis à la même table de jardin, le sourire de mon fils m'apaise, me rassure.

C'est un homme, à présent. Sa main posée sur mes doigts ridés, il me dit avec tendresse :

— Voyons papa, tout cela est terminé.

— Oui, terminé...

Le temps est au soleil aujourd'hui. Au cœur d'une belle vallée encadrée de coteaux, la Loire roule ses bancs de sable aux pieds des monuments. Je regarde, soulagé, ses gabares qui se laissent glisser le long de son cours paisible. Comme il fait bon vivre ici. Mon fils se lève et fait un pas vers le muret qui surplombe le paysage. Une ombre surgit derrière un buisson fleuri. Un vieil homme se tient immobile à quelques pas de nous. Son âge est celui d'un sage dont les rides s'accumulent, mais son coup d'œil est vif, son sourire généreux. Il s'avance et me demande :

— Vous parliez du passé ?

— Oui, Benoît. Comment as-tu deviné ? Viens donc nous rejoindre.

La main sur une canne, je m'approche de mon fils pour apprécier ce monde de paix qui s'étend devant nous et nous éblouit tous les trois. Matthieu se tourne vers Benoît et le gratifie d'une accolade :

— Bonjour mon oncle.

— Bonjour Matthieu.

La présence de Benoît ne détourne pas l'attention de mon fils. Il m'interroge encore :

— Et pourtant, tu n'étais pas juif, papa ?

— Non, mais c'est parce qu'ils l'ont cru que j'ai pu m'en sortir...

Il tourne vers moi des yeux interrogateurs. J'ajoute :

— Les Allemands avaient découvert cette lettre envoyée par le colonel Harrington, à Mathilde.

— Celle où il était question d'un mariage ?

— Oui. L'officier anglais savait que les Allemands nous fusilleraient. Mais si Mathilde était officiellement l'épouse d'un haut dignitaire anglais, nous devenions des otages intéressants. Les Allemands ont pensé que nous étions juifs, et fils adoptifs de l'officier. Du moins, c'est ce qui était écrit dans cette lettre. Ils ont donc décidé de nous garder en vie, pour nous échanger.

— Et cela n'a pas marché.

— Très peu de déportés ont été échangés.

— Je vois. Cette lettre vous a mis à l'abri.

— Si on peut dire.

Le vent souffle sur mon crâne dégarni. Je souris car la vie ici m'est douce et paisible. Depuis toutes ces années, je ne me lasse pas de cet endroit où désormais j'attends le dénouement de mon existence. Quelle terre magnifique, que de belles demeures, quels paysages splendides...

— Papa ?

— Oui.

Il hésite :

— Et Mathilde, je veux dire... après, comment as-tu vécu sa disparition ?

Dans les lointains, des ponts se détachent sur

l'horizon, mais nous sommes si haut sur ce coteau que le bruit des voitures ne nous atteint pas.

— Benoît et moi avons vécu chez le colonel, en Angleterre.

— Mais Mathilde?

Un sourire. Je m'appuie contre le muret car les forces viennent à me manquer. Je ne suis plus ce « Jacques intrépide » qui a supporté tant de souffrances. Alors je réponds à mon fils avec une voix détachée de douleur :

— Mathilde existe toujours. Elle demeure présente et plus encore lorsque l'adversité ou le besoin de surmonter des difficultés se fait ressentir.

La guerre a tué mon père et ma mère. Elle a emporté ma sœur. Mais le souvenir d'une femme étonnante nous laissera, à Benoît et à moi, l'esprit d'une lutte contre la tyrannie, contre la lâcheté. Pour une raison simple et évidente : faire de ce monde celui dont nous rêvons.

Mon fils pose sa main sur mon épaule et nos sourires marquent la fin d'une époque troublée que je n'oublierai jamais.

Non, jamais.

Précisions

Le mémorial de Bergen-Belsen est situé à environ 60 km au nord-est de Hanovre, dans le Land de Basse-Saxe. Des tombes et des monuments commémorent, sur le site de l'ancien camp de prisonniers de guerre et du camp de concentration, la souffrance et la mort des prisonniers de guerre et des détenu(e)s.

En tout moururent à Bergen-Belsen environ 50 000 détenus du camp de concentration et 20 000 prisonniers de guerre.

Aujourd'hui, un parc boisé remplace les baraquements des déportés. Afin de limiter la propagation du typhus, les autorités alliées avaient décidé de les détruire.

Dans ces lieux, une pierre commémorative rappelle qu'ici, à Bergen-Belsen, une jeune fille du nom d'Anne Frank a trouvé la mort, quelques semaines avant la libération du camp par les troupes britanniques.

Elle avait quinze ans.

Je tiens à remercier les historiens du mémorial de Bergen-Belsen pour l'aide précieuse qu'ils ont bien voulu m'apporter.

Achevé d'imprimer
à Noyelles sous Lens
pour le compte de France Loisirs,
123, bd de Grenelle
75015 PARIS

Imprimé en France
Dépôt légal : juillet 2005
N° d'édition : 44212